KB110287

여러분을
마법 고물상으로
초대합니다

일상의 마법이 펼쳐지는 그곳
욕망 덩어리들의 꿈은 실현될 수 있을까

여러분을 마법 고물상으로 초대합니다

발행일	2024년 8월 7일			

지은이	최도설			
펴낸이	손형국			
펴낸곳	(주)북랩			
편집인	선일영	편집	김은수, 배진용, 김현아, 김다빈, 김부경
디자인	이현수, 김민하, 임진형, 안유경, 신혜림	제작	박기성, 구성우, 이창영, 배상진
마케팅	김회란, 박진관		

출판등록 2004. 12. 1(제2012-000051호)
주소 서울특별시 금천구 가산디지털 1로 168, 우림라이온스밸리 B동 B111호, B113~115호
홈페이지 www.book.co.kr
전화번호 (02)2026-5777   팩스 (02)3159-9637

ISBN 979-11-7224-211-4 03810(종이책)   979-11-7224-212-1 05810(전자책)

잘못된 책은 구입한 곳에서 교환해드립니다.
이 책은 저작권법에 따라 보호받는 저작물이므로 무단 전재와 복제를 금합니다.
이 책은 (주)북랩이 보유한 리코 장비로 인쇄되었습니다.

(주)북랩 성공출판의 파트너

북랩 홈페이지와 패밀리 사이트에서 다양한 출판 솔루션을 만나 보세요!

홈페이지 book.co.kr   •   **블로그** blog.naver.com/essaybook   •   **출판문의** book@book.co.kr

작가 연락처 문의 ▶ ask.book.co.kr

작가 연락처는 개인정보이므로 북랩에서 알려드릴 수 없습니다.

여러분을 마법 고물상으로 초대합니다

최도설 장편소설

북랩

차례

1.

하나님의 계획에 없던 일

하나님이 두 큰 광명체를 만드사 큰 광명체로 낮을 주관하게 하시고 작은
광명체로 밤을 주관하게 하시며 또 별들을 만드시고……

-창세기 1장 16절-

"에이취!"

천지창조 넷째 날, 하나님의 계획에 없던 일이 일어났다. 당신이 재
채기하는 순간이었다. 재채기 때문인지 만들어질 이유가 없었던 한
행성이 창조된 것이다. 하나님이 재채기하느라 인지하지 못해서일까.
그 행성의 모습은 보이지 않게 되었다. 결국 투명 행성은 하나님 모
르게 화성 옆구리에 붙어 있게 되었다. 투명 행성의 존재를 인지하지
못한 하나님은 흡, 콧물을 삼킬 뿐이었다. 하나님은 천지창조 여섯째
날 또 한 번 재채기하였다. 당신 형상대로 사람을 창조할 때였다. 이
때도 하나님의 계획에 없던 일이 벌어졌다. 다수의 불특정 별들에 사
람이 창조된 것이다. 투명 행성도 사람이 창조된 별들 중 하나였다.
이를 알지 못한 하나님은 그들에게 '생육하고 번성하라' 이르지 못했
다. 감기 기운이 심해진 하나님은 일곱째 날이 되어서야 비로소 안식
을 취하였다.

달이 지구의 위성인 것처럼 '포브스'는 화성의 위성이다. 그런데 포

브스가 투명 행성이기 때문인지 지구인은 그 존재를 알 수가 없다. 사실 지구인이 탐지하지 못하는 행성이 포브스만은 아닐 것이다.

포브스에는 부부와 아들, 3인의 가족이 사는데, 아내는 스타워즈의 '파드메'를 닮았고 남편은 돈키호테의 시종 '산초 판사'를, 아들은 할리우드 배우 '키아누 리브스'를 쏙 빼닮았다. 부부에게는 아리따운 딸이 하나 있었지만, 딸은 16년 전 포브스 2호를 타고 사라진 후 연락이 두절되었다.

부부와 아들은 지금 포브스 1호를 타고 지구로 향하고 있다. 포브스 1호 역시 인간의 육안은 물론 인간의 그 어떤 탐지 장치로도 식별되지 않는다. 다만, 포브스 1호의 호주인 남편이 재채기하는 순간 포브스 1호의 모습이 드러났다 사라지는데, 이때가 운 좋은 인간들이 종종 UFO를 목격하는 순간이다.

<포브스 1호>

"에이취!"

웬일로 남편의 재채기를 나무라지 않은 아내는 긴 한숨을 내쉬며 이렇게 말했다.

"그년이 딱 하나 당신을 닮은 게 있어요."

"설마 우리 딸을 두고 하는 말씀은 아니죠?"

"그년은 난처하면 꼭 딸꾹질을 했죠. 딸꾹질과 함께 감쪽같이 모습을 감췄다가 다시 나타났어요.”

“저도 그런다고요?”

남편이 소심하게 발끈했다.

“맥락이 비슷하다는 말이죠. 달링, 당신은 도대체 왜 말귀를 못 알아듣죠? 이유가 뭘까요?”

“죄송해요.”

아내는 가슴을 쳤고 남편은 고개를 숙였다.

“그나저나…….”

아내의 시선이 아들을 향했다.

아들에게는 특별한 능력이라 할 수 있을지 없을지 모를 특기가 있었다. 그는 말도 없고 표정 변화도 없었다. 그것 때문인지 아들은 나이 서른이 넘었음에도 짝짓기에 단 한 번 성공한 경험이 없었다. 노력을 안 한 건 아니었다. 엄마의 성화에 태양계를 넘고 은하계를 넘어서 온갖 외계 종족의 여자를 만났었다. 아들의 엉뚱한 특기 덕분에 모두 실패했지만.

그런 아들이 조금 길게 말한 적이 있었다. 세 번째 특기를 개발한 날이었다.

“엄마, 생각을 하는 것보다 생각을 안 하는 게 훨씬 더 힘들어요. 근데, 저는 해내고 말았어요. 저는 이제 생각을 안 해요.”

"그 말을 하는 순간 너도 생각이란 걸 하는 거라고!"

엄마는 호통과 동시에 오른손으로 아들의 뒤통수를 갈겼고 이후로 아들은 더 말이 없어졌다. 물론 아들의 세 번째 특기는 주지하다시피 생각을 안 하는 것이었다.

2.

노숙자 제임스

오늘의 현실을 예상하며 과거를 살지는 않았을 터. 그러나 그는 노숙자가 되었다. 이름 제임스. 나이 50세. 거처 영등포역.

제임스, 외국인으로 오해하지 마시길. 그에겐 이름 말고도 다른 노숙자들과 구별되는 몇 가지 특징이 있었다. 먼저 노숙을 시작한 후로 그는 자기 변론한 적이 단 한 번도 없었다. 걸핏하면 '라떼는 말이야'를 입에 올리는 아재가 아니었다. 외모도 남달랐다. 수염이 덥수룩하지 않았고, 씻지 않아서 기름기 흐르는 까무잡잡한 얼굴도 아니었고, 땟국물에 전 옷을 입지도 않았다. 오히려 말쑥하다고 해야겠다. 그러나 그러한 것들이 '제임스'란 이름만큼이나 그와 다른 노숙자들을 구별시켜주는 것일까. 그는 외국인도 혼혈인도 아닌 틀림없는 토종 한국인이었다.

한여름 제임스는 주로 영등포 공원 벤치에서 잠을 잤다(아직 영등포역 실내 진입을 못 하고 있었다). 비가 오면 공중화장실에서 밤을 보냈는데 다음 날 새벽 공원 관리인이 화장실 청소하러 오기 전에 잠자리를 정리해야 했다. 잠자리가 불편할지는 몰라도 영등포역 노숙자들에게 밥 먹는 것만큼은 문제가 되지 않았다. 오히려 빨간 날엔 온갖 봉사단체 혹은 종교단체의 특식이 넘쳤다. 코로나가 창궐하기 전까지는……

빌어먹을 코로나 때문에 무료 급식소가 줄줄이 폐업한 이래, 제임스는 끼니 해결을 위해 공원 편의점으로 향하기 시작했다. 편의점에 갈 때는 공중화장실 첫 번째 칸에서 비 한 자루 가져가는 것을 잊지 않았다. 편의점에 도착하면 편의점을 중심으로 반경 5미터를 청소했다. 처음에는 반경 10미터까지 했지만 시간이 지나면서 제임스는 범위를 줄였다.

오늘도 제임스는 편의점 앞을 비질하고 있다.

"담배꽁초가 왜 이렇게 많아? 함박눈처럼 쌓였어!"

제임스가 편의점 안으로 들어서며 툴툴거렸다.

"또 청소했어요?"

여대생으로 보이는 알바생이 방긋 웃었다.

"내 특기가 청소잖아."

"아저씨, 오늘은 이거!"

알바생은 한두 번이 아닌 듯 유통기한 지난 샌드위치를 내밀었다.

"불고기, 두루치기 정식? 도시락 없어?"

"그게 만날 있나요?"

"그럼, 우유라도 줘 봐!"

"맡겨두셨어요?"

그러고 알바생은 음료 진열대에서 우유 하나를 가져왔다.

"이건 제가 사는 거예요."

알바생이 우유를 계산대에 올려놓았다.

"어쩔 수가 없네."

"네?"

"염치없지만 고맙게 받겠다고."

"제가 알바하는 동안은 폐기 처분하는 거 챙겨둘 테니 언제든 오세요. 그리고……."

"……?"

"비질도 하지 말고 담배꽁초도 줍지 말라는데 왜 자꾸 그걸 하세요?"

알바생이 꾸중하듯 말했다.

"그래야 마음이 편해."

제임스는 고마움의 표시로 샌드위치와 우유를 치켜들며 편의점을 나섰다.

연탄불고기, 네일샵, 뚜레쥬르, 대성사우나, 모텔, 감자탕, 영등포 고물상……. 제임스는 건물 간판을 훑으면서 신도림역까지 걸었다. 뙤약볕이 내리쬐기 전이라 걸을 만했다. 영등포역과 신도림역을 왕복하는 것이 제임스의 주된 일과였다. 그날그날의 기분에 따라 이른 아침 아니면 늦은 저녁에 걸었다. 제임스가 하루도 빠짐없이 그렇게 걷는 것은 걷는 동안 자신이 노숙자인 걸 까맣게 잊을 수 있어서였다.

두둑, 두둑. 저녁 무렵 갑자기 소나기가 쏴 쏟아졌다. 공원을 산책

하던 사람들은 쇼핑 백이나 손으로 머리를 가리고 뿔뿔이 흩어졌다. 제임스도 공원 벤치에서 엉덩이를 떼고 일어섰다. 그의 발걸음이 영등포역으로 향했다. 이참에 영등포역 내 진입을 시도해볼까?

제임스는 영등포역 4번 출입구로 들어갔다. 역내는 한산했고 노숙자들은 보이지 않았다. 동료를 만나기에는 이른 시간 같았다. 무심코 배회하던 제임스가 자판기를 향해 걸어갔다. 음료 때문이 아니라 멀리서도 눈에 띄는 골판지 박스 때문이었다. 그게 자판기 뒤에 있었다. 제임스는 그것을 들고 구석진 곳으로 갔다. 모포처럼 박스를 펼치고 그 위에 누웠다. 신발을 베개 삼아 누웠는데 곧 잠이 들었다.

"야! 야, 일어나봐! 이 새끼 봐라."

노숙자 일당 셋이 제임스 앞에 쪼그려 앉아서 실실 웃고 있었다. 그들이 번갈아 가며 제임스를 손과 발로 툭툭 건드려도 제임스는 잠에서 깰 기미가 없었다.

"어쭈, 참 나!"

일당 중 한 명이 어이없다는 표정을 지었다. 그는 돌아누운 제임스의 턱을 잡고 홱 자기 쪽으로 돌렸다.

"아, 뭐야!"

제임스가 반응했다. 하지만 제임스는 아직 눈을 뜨진 않았다.

"아, 뭐야? 씨발이라고 욕을 해라, 이 새끼야! 감히 어디서 씨불

눔이!"

제임스의 턱을 잡아 돌린 놈이 벌떡 일어나서 제임스의 어깨를 팍 밟아버렸다.

"윽!"

제임스는 외마디 비명을 질렀고 휘둥그레진 그의 눈은 감아지지 않았다.

"헉!"

제임스는 자기를 내려다보는 시커먼 얼굴들 때문에 또 한 번 놀랐다. 가운데는 30대 후반, 그 왼쪽에 60대 남자, 오른쪽엔 50대 홍일점. 세 명이 제임스를 내려보면서 키득거렸다.

"이 양반아, 정신이 좀 드세요?"

가운데 서 있던 놈이 쪼그려 앉으면서 말했다.

"……"

"정신이 드냐고?"

놈이 오리걸음으로 제임스에게 다가가며 또다시 물었다.

"네, 근데 왜 그러세요?"

제임스는 몸을 일으켜 벽에 등을 기대앉았다.

"근데 왜 그러세요? 허허."

놈이 옆에 선 60대 남자와 50대 여자를 번갈아 쳐다보며 웃었다. 그들도 놈처럼 낄낄댔다.

"이 골판지 어디서 났어?"

놈이 물었다.

"저기, 자판기 뒤에서…… 요."

"여기 역 안에 물건들은 다 주인이 있어. 자기 꺼 아니면 손대지 마."

놈의 목소리가 부드러워졌다.

"아, 네."

"그리고 지하철 끝, 여기 구석 자리가 본래 상석이야. 조용하거든. 여긴 내 자리란 뜻이지. 알겠어?"

제임스는 고개를 끄덕였다.

"건방지게 고개만 끄덕이지 말고 대답을 해라!"

"네, 알겠……습니다."

"어차피 자주 보게 될 텐데, 통성명이나 하지? 나 제성민."

"나…… 저는 제임스."

'나'는 이라고 할지 '저'는 이라고 말할지 주저하다가, 가명이 튀어나왔다. 틀린 건 아니지만 제임스는 불길했다.

"제, 뭐라고?"

"임스……."

제임스의 목소리가 기어들어 갔다.

"나랑 같은 성씨네. 어디 제 씨? 이름이 임스냐? 이런 임병할 놈 새끼!"

놈이 로켓처럼 일어나서 제임스에게 발길질했다. 퍽, 퍽. 60대 남자와 50대 아줌마의 발도 제임스의 가슴과 배를 파고들었다. 제임스는 양손으로 머리를 감싸고 쥐며느리처럼 몸을 웅크렸다. 태어나서 뭇매를 맞기는 처음이었다.

"니가 어메리칸이냐? 멀쩡한 새끼가 아주……. 꺼져 새꺄! 영어로 해줄까? 겟 어웨이!"

놈이 소리쳤다.

제임스는 두드려 맞으면서도 신발을 챙기는 용의주도함을 보이며 손으로 머리와 복부를 감싼 채 자리를 벗어났다.

지하철역 밖으로 나온 제임스는 아직 통증이 느껴지는지 복부를 움켜쥐고 있었다. 그가 이를 악물고 허리를 폈다. 바깥은, 편의점을 제외한 거의 모든 상점의 문이 닫혀 있었다. 코로나 영업 제한 시간 때문이었다. 간판 조명만 환하게 빛나는 상점을 지나치다가 어떤 가게 앞에서 그의 발걸음이 멈췄다. 가게 앞에 하얀 연탄이 수북이 쌓여 있었디.

제임스가 신발 끈을 조여 묶고 다시 지하철역 안으로 진입했다. 그 새 입구부터 벽면에 붙어 누운 노숙자들이 즐비했다. 제임스의 오른손에는 연탄 한 장이 들려 있었다. 지하철 공중화장실로 들어가서 세수하고 옷매무새를 고치고 헝클어진 머리를 쓸어 넘겼다. 세면대 앞에 검은 비닐봉지가 버려져 있었는데 제임스는 거기에 수돗물을 가득 담았다.

한 손에는 검은 비닐봉지, 다른 손에는 연탄을 든 제임스는 사뭇 긴장한 모습이었다.

목표물이 가까워졌다. 놈은 아줌마의 허벅지를 베고 누웠고 60대 남자는 놈의 다리를 주무르고 있었다. 괴상한 조합에 하는 짓은 더 괴상했다.

"야, 이 씨발 새꺄!"

제임스가 뛰어가서 욕을 날렸고 동시에 연탄을 젊은 놈의 안면에 적중시켰다. 검은 비닐봉지도 놈의 얼굴을 향해 투척했다. 제임스는 돌아서서 냅다 뛰었다. 놈은 제임스를 쫓다가 자빠져서 누운 채로 지랄발광했다. 놈의 눈이 연탄재로 범벅이 되어서 앞이 안 보이는 거 같았다.

정신없이 달아나던 제임스는 지하철 공중화장실로 들어갔다. 가쁜 숨을 몰아쉬며 수돗물을 틀고 거울을 보았다.

제임스는 거울을 보며 말했다.

"영등포역이여 잘 있거라! 작별이다. 아, 알바생, 고마웠다."

"지금 서동탄, 서동탄행 열차가 들어오고 있습니다."

"이 역은 타는 곳과 전동차 사이가 넓습니다. 열차를 타고 내리실 때 조심하시기 바랍니다.”

지하철 안내방송이 흘러나왔다. 제임스는 1호선 열차에 몸을 실었다. 뒤 칸으로 이동했다. 빈자리가 있었다. 제임스는 거리낌 없이 가운데에 앉았다. 여느 노숙자와 달리 그는 쭈뼛쭈뼛하지 않았다. 남의 시선을 의식하지 않고 평범한 시민처럼 행동했다.

“크흠.”

제임스가 자기도 모르게 고개를 숙이고 헛기침을 한 것은 맞은 편에 앉은 여인 때문이었다.

여인은 치마를 입었다. 미니스커트는 아니지만 앉아 있어서 허벅지가 드러났고 발목에서 무릎까지 라인이 예뻤다. 제임스는 여인의 다리를 힐끗힐끗 쳐다봤다. 열차가 덜컹거릴 때마다 제임스의 심장이 쿵쾅거렸고 시선은 여인의 무릎 사이에 꽂혔다. 여인의 무릎이 살짝 벌어지면 제임스는 고개를 돌렸는데 이것이 여러 차례 반복됐다.

“이번에 내리실 역은 백수, 백수역입니다.”

“내리실 문은 왼쪽입니다.”

안내방송에 따라 여인이 문 앞에 섰다. 여인이 내렸다. 제임스도 따라 내렸다. 여인은 백수역 1번 출구로 나와서 육교 계단을 오르고 있었다.

“승우야, 엄마 조금 있으면 집에 도착해.”

여인이 통화했다.

"자정이 다 됐는데 안 자고 엄마 기다린 거야?"

"승아는?"

"편의점에서 아이스크림 사갈까?"

"그래, 알았어."

전화를 끊고 스마트폰을 핸드백에 넣는 듯하던 여인이 갑자기 멈춰서 휙 뒤돌아섰다.

"아저씨, 뭐예요? 왜 따라오는데? 네?"

여인이 제임스를 향해 소리쳤다.

제임스는 뒤를 보며 머리를 긁적였다.

"아저씨, 저 일하는 데서부터 스토킹했죠?"

제임스는 꿀 먹은 벙어리처럼 아무 말을 못 했다.

"업소에서 일하는 여자라고, 설마……."

여인이 미간을 찡그렸다.

제임스는 뒷걸음쳤다.

"코로나 때문에 오늘도 공쳤는데 어디서 미친 새끼가!"

여인의 벼락같은 고함에 제임스는 번개처럼 돌아서서 달아났다. 힐레벌떡 달아나는 와중에도 제임스의 마음에 여인의 잔상이 그려졌다. 웨이브 진 긴 머리카락에 가려진 여인의 얼굴이 조막만 하고, 예쁘다. 성형한 느낌이 없지 않지만, 예쁘다. 달리는 제임스의 얼굴을 스치는 바람결이 상큼했다. 제임스는 그 여인에게 첫눈에 반하고 만

것이다.

　제임스는 백수역 1번 출입구로 돌아왔다. 역내 벤치에 누운 제임스는 천장에 빌트인 형광등을 마땅치 않게 생각하다 잠이 들었다. 누가 좀 꺼주라. 저놈의 형광등⋯⋯.

　"아저씨, 일어나요!"

　"⋯⋯."

　"아저씨!"

　"헉!"

　제임스는 소스라치게 놀랐다. 어제 그놈인 줄 착각했다.

　"사람들 몰려옵니다. 집에 가서 주무세요."

　청소하는 아주머니였다.

　"집이 있어야 집에 가지."

　제임스는 혼잣말했다.

　아주머니가 제임스를 위아래로 훑어보았다.

　"네, 저 숙자예요."

　아주머니와 눈이 마주친 제임스는 창피해하지 않았다.

　"노숙자? 누가 아재 아니랄까 봐."

　"아재? 그쵸, 아재죠."

　"노숙자치고는 멀쩡하네."

"저는 술, 담배 안 하거든요. 알코올 중독에다 담배에 찌든 노숙자들하고는 레벨이 다른 시민이죠."

"시민? 하여간 아저씨가 우리 역 1호 노숙자네요. 미안하지만 환영은 못 하겠고 어서 나가시든가 자리 좀 비켜주든가."

"아주머니, 비정규직, 계약직이죠?"

"엉덩이 떼고 일어나라니까요!"

"비정규직이죠?"

"대전 본사에서 면접 보고 합격했네요. 정규직! 됐어요?"

아주머니가 가슴에 단 코레일 명찰을 잡아당겨 보여주었다.

"아주머니, 하나만 더 물어볼게요?"

"정규직이든 비정규직이든 지가 뭔 상관이래."

아주머니는 제임스 발밑에 담배꽁초를 쓸어 담으며 툴툴댔다.

"왜 백수, 백수역이라고 지었을까요?"

"백수건달 할 때, 백수를 생각하셨나 본데……."

"아녜요?"

"백수가 그런 뜻이 아니라 아흔아홉 살이란 뜻이에요. 저도 처음엔 아저씨처럼 생각했는데 그게 아니더라고. 그래서 그런가?"

아주머니가 허리를 폈다.

"뭐가요?"

"여기 독거노인들도 많고, 아무튼 고령자들이 많은 거 같아요."

제임스는 고개를 끄덕였다.

"저기 육교 건너가보슈. 아침저녁으로 어르신들 천지라우."

"아주머니, 이천 원 있어요?"

제임스는 대뜸 '아니면 말고'식으로 아주머니를 찔러 보았다.

"……?"

"이천 원?"

"세상에! 생긴 건 꽃중년인데 주둥아리에서 이천 원 달라는 말이 나오네?"

"주둥아리라뇨?"

"천 원밖에 없네."

아주머니가 지폐 한 장을 내밀었다.

"고맙습니다."

"그 말이 나와요?"

"왜요?"

"고맙다는 말 듣고 속이 메스껍기는 처음이네요. 자, 이것도 받으셔."

아주머니는 오백 원짜리 동전도 꺼냈다.

제임스는 넙죽 토털 천오백 원을 챙겼다.

제임스는 어제 건너지 못하고 돌아섰던 육교로 터덜터덜 걸어갔다. 출근길 사람들이 백수역으로 향할 때 제임스는 홀로 반대 방향으로 걸었다. 제임스는 문득 여인을 생각했다. 이 근방에 살 텐데…….

육교 건너에는 상가 점포가 즐비했다. 여느 역세권의 모습과 마찬가지였는데 한 가지 눈에 띄는 게 있었다.

제임스는 한 노인을 따라가며 물었다.

"어르신, 다들 어디 가시는 거예요?"

"보면 몰라?"

느릿느릿 리어카를 끌던 노인이 이어서 한마디 더했다.

"노인네들이 폐지 팔러 가는데, 젊은 사람이 옆에서 터벅터벅 걸어가면 쓰겠나?"

"밀어드릴까요?"

"저리 갈 거 아니면 밀어 봐!"

제임스는 노인들의 카트, 유모차, 손수레 행렬에 동참했다.

열댓 명의 노인들이 초등학교 정문을 지나서 4차선 도로를 건넜다. 그곳에 고물상이 있었다. '할망구 고물상'. 제임스는 고물상 안으로 들어가 보았다. 노인들이 폐지 무게에 따라 현금을 받고 있었다.

노인들에게 현금을 내주던 할망구의 시선이 제임스를 향했다.

"젊은 양반! 왜 거기서 얼쩡거려?"

제임스는 손가락으로 자신을 가리켰다.

"그래 너!"

할망구는 제임스를 뚫어져라 쳐다봤다.

"그냥 들어왔는데요. 근데 왜 반말이에요?"

"염병할 눔이! 염병할 구청에서 보내더냐? 브랑카, 뭐 해?"

"구청이라뇨?"

"아저씨, 빨리 나가요! 사장님한테 혼나요!"

동남아 사람으로 보이는 외국인이 제임스의 팔을 당겼다.

"아니, 갑자기 반말에, 말투는 뭔데요?"

"아저씨 말 이해하는데요. 일단 나가세요. 우리 사장님 무서워요."

외국인이 또박또박 한국말을 잘했다.

"그렇지, 그렇고말고. 할망구한테 밉보이면 이런 거 여기다 팔지도 못해. 이 근처에 고물상이 여기 하난 걸!"

아까 제임스가 말을 붙였던 노인이 끼어들었다.

"제 이름은 브랑카!"

외국인이 제임스에게 손을 내밀었다.

"갑자기?"

제임스의 눈이 동그래졌다.

브랑카는 손을 내민 채 제임스를 해맑게 쳐다보고 있었다.

"……난, 제임스."

제임스는 얼떨결에 브랑카와 악수했다.

"네? 제임……?"

브랑카가 되물었다.

"브랑카! 일 안 할 거야?"

할망구의 목소리였다.

브랑카는 고물상 안으로 뛰어 들어갔다.

제임스는 노인들 옆을 지나쳤다. 그들이 힐끗힐끗 제임스를 쳐다봤다. 고물상 옆에는 유료주차장이 붙어 있었고 주차장 앞이 횡단보도였다. 제임스는 횡단보도를 건너서 무인 아이스크림 할인점, 슈퍼, 분식집, 복권방을 지나쳤다. 셔터가 내려진 분식집에는 임대 포스터가 붙어 있었다. 제임스는 분식집 앞 대리석 바닥에 앉았다. 어닝 천막 때문에 그곳은 그늘이 졌다.

"헤이, 꼬맹아!"

대리석 바닥에 엉덩이를 붙인 제임스가 지나가는 초등학생을 불렀다.

"형아, 저 아저씨가 우리 부르는 거 아냐?"

동생이 형의 손을 잡아당기며 물었다.

형이 제임스를 슬쩍 보면서 대답했다.

"모른 척해라!"

"얘들아! 여기 편의점 어디 있냐?"

실실 웃으면서 제임스가 일어났다.

"저기 아파트 단지 앞에 가보세요!"

형이 대답했다.

"가자!"

형은 동생의 손을 잡아당겼다.

띠링띠링, 편의점 문 종소리가 울렸다. 제임스는 어슬렁어슬렁 계산대 앞으로 다가갔다.

"안녕! 학생, 여기 편의점 앞, 청소 안 하나 봐?"

"……."

남자 알바생은 수상해 보이는 제임스의 엉뚱한 질문에 '그래서 어쩌라고?'하는 표정을 지을 뿐 아무 말을 하지 않았다. 제임스는 돌아서서 진열대 사이를 어슬렁댔다.

알바생이 어떤 손님을 반갑게 맞이했다.

"오셨어요?"

"(스포츠 토토)베팅은 하루라도 거르면 안 되지!"

슈트 입은 손님이 말했다. 그는 창가에 비치된 슬립지 몇 장에 수험생이 답안을 작성하듯 능숙하게 마킹해 나갔다. 제임스가 어깨너머로 유심히 그 솜씨를 구경했다.

손님이 나가자 제임스가 다시 계산대로 다가갔다. 이번에도 알바생은 제임스를 힐끗 쳐다만 봤다.

"저 아저씨 여기 단골인가 봐?"

"매일 오세요."

"뭐 하는 사람인데?"

"회사원이겠죠."

"회사원……."

　알바생이 무엇을 직감했는지 고개를 끄덕이는 제임스에게 느닷없이 물었다.

"아저씨, 돈 없죠?"

"있어. 천오백 원……."

　생각 없이 대답해 버리고 말았다.

　이렇게 된 마당에 제임스는 속을 말하기로 했다.

"야, 웃냐?"

　제임스가 팍 인상을 썼다.

"아저씨, 천오백 원, 그게 자랑처럼 할 말은 아니지 않나요?"

"유통기한 지난 거 폐기 처분하잖아?"

"크흠, 네."

"언제, 몇 시쯤 정리해?"

"설마 달라는 건 아니죠?"

"달라면 안 되냐?"

"혹시 홈리스? 맞죠?"

"어린놈이, 함부로 말하면 못써!"

"함부로 달라는 건 되고요?"

"또 올게. 나 저기 초등학교 가는 길에 분식집 있지? 거기서 지낸다."

제임스가 주먹 인사를 청했다.

"분식집 사장님? 죄송합니다. 아저씨, 죄송해요."

"분식집 앞에서 노숙해."

알바생은 순간 얼어버렸다.

제임스는 순찰하듯 백수역 상가 건물 사이를 거닐었다. 영등포역에서 그랬던 것처럼 간판을 하나하나 살폈다. 가끔 문 닫은 상점 안을 들여다보기도 했다.

제임스가 쇼윈도에 코를 박고 상점 안을 들여다보고 있을 때였다. 어떤 노인이 그를 불렀다.

"어이! 이봐!"

제임스가 뒤돌아봤다.

"그 양반이네!"

노인이 말했다.

"안녕하세요, 어르신!"

제임스도 아는 체했다. 아침에 만났던 노인이었다.

"아침에 일 마친 거 아니셨어요?"

제임스가 다가가며 물었다.

"집에 있으면 뭐 해? 나와서 한 푼이라도 버는 게 낫지. 젊은이는 하는 일이 뭐 여?"

"젊은이 아니에요. 오십입니다, 오십."

제임스는 다섯 손가락을 펴 보였다.

"나 김명식. 다들 나를 '김 노인'이라고 부르지."

제임스는 뻘쭘했다.

"자넨 이름이 뭐 여? 어디 살어?"

"그거, 차차 아시게 될 거예요."

제임스는 대답을 피했다.

"그게 뭔 말이래? 하여간에, 고물상 할망구 마음에 두지 마. 아침에 언짢진 않았어?"

"별로요."

"소문난 알부자라네. 역세권에 고물상에다가 주차장까지."

"주차장이면, 고물상 옆에 붙어 있는 거요?"

"응, 그거. 이 동네 노인들 할망구 덕에 먹고산다우."

김 노인이 할망구 얘기를 늘어놓았다.

"입이 심심하셨나 보네요? 저한테 별 얘길 다 하시고."

"늙으면 말이 많아. 두서없이 말이 튀어나오기도 하고. 근데 상점을 왜 기웃기웃하는 거여? 임대 알아보나?"

"그런 거 아닙니다. 다음에 뵐게요."

제임스는 김 노인의 리어카를 뒤로 하고 앞질러 걸어갔다.

백수역 근방을 종일 돌아다닌 제임스는 고물상 맞은편 분식집 앞으로 돌아왔다. 그는 골판지 상자 여러 개를 주워 왔다. 재활용 의류 수거함에서 홑이불과 베개도 가져왔다. 누가 분식집을 임대해서 장사를 시작하면 모를까, 분식집 앞 대리석 바닥은 당분간 제임스의 거처가 될 것이다.

제임스는 바닥에 앉아 지나가는 사람들을 구경했다. 퇴근하면서 복권방에 들르는 사람, 카트에 폐지 싣고 가는 할머니, 하교하는 학생들. 학생들이 줄줄이 분식집 앞을 지나갔는데 꼬맹이 하나가 손가락으로 제임스를 가리켰다.

"형아, 저기!"

아침에 제임스가 말을 건넸던 형제였다.

"아침에 그 아저씬데, 거지 같다. 거지 알지?"

형이 말했다.

"응, 한 푼 줍쇼, 하는 사람. TV에서 봤어."

"사극을 봤구나. 승아야 요즘엔 거지라고 안 해."

"그럼 뭐라 그래?"

"노숙자."

"노숙자가 뭐야?"

"거지랑 똑같은 거야. 저 아저씨 같은 사람이 노숙자다."

"형, 노숙자 아저씨가 손 흔들어."

"가자!"

"응."

제임스는 꼬맹이 형제가 지나갈 때까지 그들에게 손을 흔들며 웃어 보였다.

"브랑카!"

제임스가 갑자기 길 건너 주차장을 향해 소리쳤다.

"제임스!"

주차장 앞에서 서성이던 브랑카도 제임스를 보고 소리쳤다.

제임스는 횡단보도를 건너 브랑카에게 갔다.

"내 이름을 기억하네?"

제임스가 물었다.

"제임스! 그 이름을 어떻게 까먹어요?"

"주차장에서도 일해?"

"네. (주차장과 고물상을) 왔다 갔다 해요. 근데 며칠 후면 주차장은 문 닫을 거래요.”

“왜?”

“구청 폐쇄 명령 때문이라나 뭐라나. 정확히는 몰라요. 그건 그렇고, 아저씨는 한국 사람인데 왜 이름이 제임스예요?”

“궁금하지?”

“그쵸.”

“가면 알지?”

“매스크?”

“그래. 제임스는 가명인데 가명은 가면 같은 거야.”

“무슨 말이에요? 잘 모르겠어요.”

브랑카가 고개를 갸우뚱했다.

“사람이 가면을 쓰면 대담해져. 가명도 그래. 딴사람이 되거든. 여튼 난 저기 살아.”

제임스는 길 건너 분식집을 가리켰다.

“분식집 사장님? 아저씨도 사장님이네요.”

“사장님 아냐, 홈리스 가이.”

“그지?”

“쓰읍, 브랑카! 영어 좀 하는구나?”

“한국말보다 영어가 더 편해요.”

“‘그지’라고 하면 안 돼. 노숙자!”

"알겠어요. 근데 아저씨 불쌍하다."

"고물상 사장님은?"

"사무실에 계세요."

"고물상 사무실?"

"네."

불쑥 고물상 안으로 들어가는 사람이 있었다. 제임스였다. 거대한 집게 트럭이 그의 눈에 띄었다. 오른편에 컨테이너 박스가 있었는데 거기가 사무실이었다. 사무실 문이 열려 있었다.

제임스가 문 앞에 섰다.

"계세요?"

"누군데 고양이 새끼처럼 들어오냐?"

할망구의 목소리가 카랑카랑했다.

"안녕하세요, 사장님!"

제임스가 안으로 들어와서 인사했다.

"무슨 일로 오셨소?"

책상 앞에 앉은 할망구가 돋보기안경을 벗으며 물었다.

"아침에 죄송했습니다."

"죄송? 아, 그 얼쩡거리던 놈?"

"얼쩡? 아무튼 그놈이 접니다."

"죄송할 일은 아니구먼. 내가 오해한 것 같네. 커피 한 잔 할터?"

대뜸 커피를 권한 할망구가 정수기 앞으로 갔다.

"사장님, 저는 설탕이랑 크림 안 넣는데……."

"크림?"

"프리마요. 하얀 거."

"나도 그런 거 안 넣어. 커피는 블랙이지. 들지 않고 뭐 해?"

할망구가 건배하듯 컵을 들었다.

제임스는 낡은 소파에서 할망구는 책상 앞에서 커피를 마셨다. 커피만 홀짝이던 할망구와 제임스는 어느 시점부터 대화를 술술 이어 갔다. 주로 할망구가 묻고 제임스는 답하는 식이었다. 근데 제임스가 가명을 쓰는 것에 대해 한 번 피식 웃고 만 사람은 할망구가 처음이었다. 더 묻지 않았다. 그러나 화기애애한 대화는 오래가지 않았다.

할망구의 타박이 시작됐다.

"사지 멀쩡한 자식이 노숙?"

"누가 원해서 노숙하나요?"

"팔십 넘은 노인네들 절뚝거리면서 빈 병 줍고 폐지 팔러 오는 거 못 봤어? 염병할 놈."

"말씀이 심하신 거 아닙니까? 저도 궁리하는 게 있습니다."

"궁리? 웃기고 자빠졌네. 부질없이 요행이나 바라고 일확천금을 꿈꾸겠지. 아니, 그런 꿈이라도 꾸면 천만다행이지."

더 이어질 뻔한 할망구의 타박은 때마침 나타난 젊은 여성 때문에 멈췄다.

"사장님, 저 왔습니다."

젊은 여성이 말했다.

"어, 임 사장!"

할망구의 목소리가 밝아졌다.

제임스는 여성에게 목례했다.

"사장님, 커피 잘 마셨습니다."

제임스가 밖으로 나가며 말했다.

포터 트럭 한 대가 고물상 입구를 막고 있었다. 젊은 여성의 것으로 보였다.

3.

외계인 키안

달리는 자동차의 전조등이 마치 감옥의 시커먼 담벼락을 노려보는 서치라이트처럼 제임스를 비추며 사라지길 반복했다. 그때 옆으로 돌아눕던 제임스의 팔꿈치가 분식집 셔터를 팡 때렸다. 그러나 제임스의 꼭 감긴 눈은 꿈쩍도 하지 않았다. 그의 의식은 또렷했다. 이유가 있었다.

일확천금.

돈.

돈에 대한 욕망 때문이었다.

제임스는 어제 만났던 사람들을 한 명씩 떠올리며 그들에게 감정이입했다.

사람들이 복권을 구매하는 이유는 1등 당첨의 희망 때문일 테지. 7일마다 돌아오는 희망이 의미 없다고 단언할 수는 없어. 복권 구매를 심심풀이로 치부할 일은 아냐.

김 노인은 하루하루가 감사할 거다. 그 나이에 혼자 힘으로 하루 몇 천 원은 벌 수 있으니까. 그러니 그에게 돈벼락 맞고 싶은 생각이 왜 없을까? 가고 싶은 곳에 가고, 먹고 싶은 거 먹고, 쓰고 싶은 만큼 쓰면서 여생을 보내고 싶을 테지. 힘겹게 사는 사람일수록 돈벼락 떨어졌으면 하는 그들의 심정이야 두말할 나위 없다.

지하철역 청소 아주머니도 그렇지. 성실한 출퇴근으로 빡빡한 생활에 변화를 기대하기는 힘들 거다. 기대하는 게 있다면 술 취한 사람이 지하철 화장실에 흘린 지갑이나 귀중품이 아닐지. 고주망태가 된 사람을 볼 때마다 아주머니는 음흉한 미소 지으며 마음속 욕망을 키울 것이다.

제임스는 잡생각을 하다가 벌떡 일어났다.

"고물상!"

일어나며 소리쳤다. 제임스는 4차선 도로 건너편에 있는 할망구 고물상을 쳐다보았다. 끙, 하고 다시 주저앉은 제임스는 비 맞은 중이 염불하듯 중얼거리기 시작했다.

"로또, 로또, 로또……."

그렇게 중얼대던 제임스는 도로를 등지고 다시 누웠다. 그때 쿠우앙! 엄청난 충돌음이 그의 등 뒤에서 해일처럼 밀려왔다.

"헉!"

놀라 일어나던 제임스의 이마가 셔터문을 팡 때렸다. 정신을 차릴 수 없는 급작스러운 상황이었지만 제임스는 정신을 차려야 살 수 있다는 생각으로 충돌음이 난 방향으로 눈을 돌렸다. 그는 또 한 번 소스라치게 놀랐다.

"헉, 저런 미친놈……!"

이마를 비비면서 일어난 제임스 앞에 벌거숭이 한 남자가 무릎 앉아 자세를 하고 있었다. 영화 <터미네이터> 주인공 아놀드 슈왈제

네거의 등장 신과 똑같았다.

　제임스는 남자의 벗은 몸을 보고 입이 떡 벌어졌다. 가로등 아래서 있는 남자의 보디는 미켈란젤로의 다비드상보다 완벽했다. 뭐 여? 변태? 미친놈?

　포브스 1호에서 아들을 지켜보던 부부는 이번에는 아들이 꼭 짝을 찾기를 기원하면서 두 손을 모았다. 부부는 아들이 짝을 데리고 포브스 1호로 귀환할 때까지 지구 대기권에 머물 계획이다. 아들이 낙하한 곳은 한반도 도심 한가운데였다.

　＜포브스 1호＞
　"달링, 옷은 입혀서 내려보냈어야죠?"
　으리으리한 크리스털 의자에 앉은 아내가 농구공 크기의 유리구슬에 떠오른 3D 입체영상을 보며 말했다.
　"지구인 드레스 코드가 우리랑 달라서……."
　아내 옆에 서 있던 남편이 마치 신히처럼 얼버무렸다.
　"달링! 말대꾸는 개나 줘버리라고 내가 말하지 않았나요? 애새끼를 발가벗겨 보내는 아빠가 지구인 드레스 코드나 신경 쓴다는 게……."
　"새롭게 시작하라는 의미도 있어서……."

"또, 또?"

"죄송합니다. 흐흡."

"자꾸 훌쩍이지 말고 제발 콧물 좀 닦아요. 당신이 재채기하면 지구인들이 UFO 목격했다고 난리법석인 거 몰라요?"

아내는 남편에게 손수건을 건넸다.

남편이 아름다운 아내를 흘긋 보며 나지막이 말했다.

"외모 따지지 말고 착한 짝을 만나야 할 텐데……."

"당신 뭐야? 씨발 당신 뭐냐고?"

등짝을 셔터에 바짝 붙인 제임스가 소리쳤다.

벌거벗은 남자가 일어섰다.

제임스는 남자의 거시기를 보고 또 놀랐다.

남자가 제임스에게 다가와 손을 내밀자 제임스는 움찔하며 뒤로 물러났다.

"반갑습니다. 저는…… 이름이……."

남자는 버퍼링이 걸린 듯 말을 잇지 못했다.

<포브스 1호>

"말하려고 노력하는 건 좋은데, 쟤가 갑자기 왜 이름 얘기를 하는 거죠?"

아내가 물었다.

"통성명 교육을 하긴 했는데……."

"아무 이름이나 지어낼 것이지. 누굴 닮아서 순발력이 떨어지나 몰라."

"여보, 저는 순발력이 부족하진 않아요."

"그래서 당신은 자아 인식이 부족하다는 거예요."

"거시기부터 가립시다. 아직 깜깜한 새벽이어서 다행이지 어쩔 뻔했소?"

제임스는 황급히 홑이불로 남자의 몸을 두른 다음 어딘가로 달아났다.

얼마 후 도망친 줄 알았던 제임스가 돌아왔다. 제임스는 재활용 의류 수거함에서 이것저것 급히 챙겨 온 것이다. 남자는 제임스가 가져온 반 팔 티셔츠, 7부 트레이닝 바지를 입고 구두를 신었다. 옷과 구두가 모두 검은색이었다. 그 모습을 보고 제임스는 감탄했다. 개멋있다!

제임스가 분식집 앞 대리석 바닥에 털썩 걸터앉자 남자도 옆에 앉았다.

제임스가 입을 열었다.

"어쩌다가 벌거벗은 채로……?"

"아빠가 시켜서……."

남자의 목소리는 잘 들리지 않았다.

"네?"

"그게……."

"아니, 뭐 됐습니다. 이름은 어떻게 돼요?"

"없습니다."

"네?"

"아직 없다고요."

"아직? 무슨 말인지 당최 모르겠네……. 아무튼 내가 그쪽보다 나이 스물은 많아 보이니까 말 놔도 되죠?"

"네."

"솔직히, 조현병이나 몽유병, 그런 거 아닌가?"

"저는 아프지 않습니다. 정상입니다."

"정신이 이렇게 된 거 같은데?"

제임스는 검지손가락을 관자놀이 옆에 대고 원을 그리며 남자에게 미친 거 아니냐는 제스처를 해 보였다. 그러나 남자는 무표정하게 제임스를 쳐다볼 뿐이었다.

제임스가 물었다.

"이름이 없을 수 있나?"

"그럴 수 있지 않을까요."

"어른한테 말장난하면 못써!"

"그런 거 아닙니다."

"어디 살아?"

"말할 수 없어요."

"고향은? 부모님은?"

"기억나지 않습니다."

"근데 이 새끼가!"

제임스가 벌떡 일어나서 윽박질렀다.

"정말이에요. 몰라요. 기억나지 않아요."

"에이, 미친놈 옷이나 챙겨주고, 내가 한심한 놈이지. 갈 데는 있어?"

"없어요."

미친놈처럼 보이기는 하지만 정상인 남자 둘이 분식집 앞에 나란히 앉아 밤을 지새웠다. 고물상 위로 동이 틀 무렵 제임스가 다시 입을 열었다.

"누가 믿어주겠냐? 한밤중에 어떤 놈이 하늘에서 내 앞에 쿵 떨어졌다는 걸. 키아누, 아놀드? 생긴 건 키아누 리브스를 닮았고, 터미네이터처럼 내 앞에 나타났으니 아놀드도 괜찮을 거 같고."

"네?"

"너 이름 '키안'으로 하자."

＜포브스 1호＞

"호호, 키안! 마음에 들어."

"터미네이터가 더 좋지 않아요?"

"달링, 그건 길잖아요?"

"……."

"지구에 온 다음부터, 당신 태도가 불량해졌다는 건 알고 있죠?"

"미안해요."

"너, 키아누 리브스 알지?"

제임스의 물음에 남자는 고개를 갸우뚱했다.

"할리우드 배우? 영화 존윅 몰라?"

"제가 아는 게 없어요."

"아무튼 네 이름 '키안'이다."

"아저씨는요? 아저씨는 이름이 뭐예요?"

"제임스. 내 이름은 제임슨데, 그냥 '형'이라고 불러라."

"형?"

"그래, 형. 키안, 출출하지 않냐?"

"잘 모르겠어요."

"일어나. 뭐 좀 먹으러 가자!"

제임스는 키안을 전날 찜해 뒀던 편의점으로 데려갔다.

편의점 밖에 빗자루가 세워져 있었다. 제임스는 그 빗자루로 무작정 편의점 앞을 쓸기 시작했다.

"제임스 형, 뭐 먹으러 온 거 아니에요?"

"너 여기부터 저기까지 쓸어! 비질은 할 줄 알지?"

"방금 형이 하던 거요?"

"뭐 해? 받아!"

제임스는 빗자루를 키안에게 건네고 편의점 안으로 들어갔다.

제임스가 알바생을 보고 아는 체했다.

"학생, 안녕!"

"……."

"학교 안 가?"

제임스가 계산대로 다가갔다.

"안 가요. 원격수업해요."

"영상통화 같은 거?"

"비슷해요."

"혹시 손걸레 있어?"

"왜요?"

"좀 줘 봐! 저기 파라솔 테이블, 편의점 거 맞지?"

"네."

알바생은 마지못해 제임스에게 손걸레를 건넸다.

여러분을 마법 고물상으로 초대합니다

밖으로 나갔던 제임스가 테이블과 의자를 닦은 후 다시 편의점으로 들어왔다.

"학생, 걸레 어디서 빨아?"

"이리 주세요. 나중에 제가 빨면 돼요."

제임스는 걸레를 계산대 위에 올려놓았다.

"참, 폐기 처분하는 음식 없어? 유통기한 지난 거."

"청소하신 게 그것 때문이었어요?"

"좀 줘 봐!"

"혹시 매일 오실 건 아니죠?"

알바생은 김밥 한 줄을 계산대에 올렸다.

"저 아저씨도 있잖아."

제임스가 눈으로 밖에 있는 키안을 가리켰다.

"에휴, 내 주변엔 재수 없는 파렴치한뿐이라니……."

알바생이 궁시렁대며 샌드위치를 꺼냈다.

〈포브스 1호〉

"달링, 제임스한테서 우리 아들 떼어놓을 수 없을까요?"

"당신이 저 남자가 마음에 든다고 하셔서……. 도시의 자연인 같다고도 하셨죠."

"노숙자인 줄은 몰랐잖아요."

"게다가 지구에서 최초로 마주친 사람과는 친구가 돼야 한다는, 불문율이 있어서……."

"그놈의 관행!"

"수억 년 이어온 관행이 법보다 무섭죠. 우리 DNA가 그런 걸 어떡해요."

"달링, 말이 깁니다."

"미안해요."

"저런 거지꼴로…… 키안이 짝을 찾을 수 있을지……."

"키안이라뇨? 포브스 167! 당신이 고집해서 쟤 이름이 '포브스 167'이 된 거 잊진 않으셨죠?"

"호호, 그랬죠. 그치만 키안이 부르기 편하니까. 불만 있어요?"

아내는 정색했다.

그러자 포브스 167의 아빠는 공손히 대답했다.

"저도 키안이라고 부를게요."

아침의 노인들은 줄지어 고물상으로 향하고 재잘대는 꼬맹이들은 그 노인들을 마주쳐 지나가고 있었다. 잡동사니를 양껏 실은 유모차와 손수레들이 느린 노인들의 발걸음에 밀려 굴러가는 길과 폴짝대는 아이들의 가벼운 등굣길은 같은 시간 같은 공간 속에서 묘하게 정겹기만 했다. 그 광경을 멀뚱히 응시하던 제임스는 김밥을 입에 문 채 누군가를 향해 손을 흔들었다.

등교하던 꼬맹이가 분식집 앞에 쭈그려 앉아 샌드위치와 김밥을 먹고 있던 키안과 제임스를 손가락질했다.

"형아, 저기!"

"승아야, 모른 체 하래도!"

형이 인상을 썼다.

"우리 보고 손 흔들잖아."

"우리한테 손 흔드는 거 아냐."

"딴 아저씨도 있는데?"

"노숙자 한 명 추가!"

"'추가'가 뭐야?"

"늘었다고. 어른들이 꼴값이다."

"꼴값?"

"그런 거 있어. 승아야, 저런 어른한테 줘서는 안 되는 게 있다."

"그게 뭔데?"

"동정심."

"동정심이 뭔데?"

"그런 거 있어."

형은 동생의 손을 끌어당겼다.

"어린 녀석들이 사이가 좋구만."

마지막 김밥 한 조각을 먹던 제임스는 속닥거리며 지나가는 어린 학생들이 귀여워서 그들을 향해 웃어 주었다. 그런데 제임스가 갑자기 일어나 어딘가로 달리기 시작했다. 키안도 덩달아 뛰었다.

"할아버지!"

제임스가 소리쳤다.

"어, 젊은 양반!"

김 노인이었다.

제임스는 얼른 리어카 뒤로 뛰어가서 김 노인의 리어카를 밀었다.

김 노인의 리어카는 이내 할망구 고물상에 들어섰다. 고물상에는 노인들로 북적였다. 천 원짜리 지폐 몇 장과 동전을 만지작거리며 뿌듯해하는 할머니, 사무실에서 커피를 들고나오는 할아버지, 바닥에 주저앉아서 도란도란 얘기를 나누는 할머니들, 그리고 할망구 사장이 있었다.

할망구는 노인들에게 인사처럼 연신 이렇게 말했다.

"가격 좋은 거여, 가격 잘 쳐주는 거여."

제임스는 고물상을 나오는 김 노인 곁에 찰싹 붙어 있었고 키안은 제임스한테 찰싹 붙어 있었다.

"할아버지, 주차장이 고물상보다 몇 배는 더 넓은 거 같아요."

제임스가 고물상 옆 유료주차장을 곁눈질하며 말했다.

"넓고말고."

"진짜 이 넓은 땅이 고물상 할망구, 아니 사장님 소유예요?"

"아닌 거 같아?"

"부러워서 그러죠. 고물상 수입도 쏠쏠하겠어요?"

"말해 뭐 해?"

"사장님 자식들은 부모덕 톡톡히 보겠네요."

"저 할망구 혼자야. 외아들이 뺑소니 사고로 일찍 떴어. 근데 저 청년은 누구……?"

김 노인이 키안을 바라봤다.

"키안이라고……."

"미국 사람이야? 어쩐지 외모가 다르다 했어."

"한국 사람이에요. 이름만 그래요."

"허, 요상허네."

"할아버지, 그럼 안녕히 가세요."

분식집 앞에 이르자 제임스가 인사했다.

김 노인이 제임스의 등 뒤에 대고 소리쳤다.

"일자리 알아봐! 젊은 사람이 노상 빈둥대면 못써!"

"젊은이 아니라니까요."

며칠이 흘렀다. 제임스는 분식집을 기점으로 주변을 배회하는 게 일이었다. 키안은 그런 제임스를 그림자처럼 따라다녔다. 둘은 돈벌이 하지 않았지만 용케 편의점에서 하루 한 끼를 해결했다. 끼니를 해결할 때마다 제임스는, 건강과 장수 그리고 동안의 비결 등등 키안에게 1일 1식의 장점이랍시고 주절대곤 했다. 듣기만 하던 키안이 오늘은 한마디 했다.

"형, 저는 하루 몇 끼 먹든 상관없어요. 아무것도 안 먹어도 되죠. 배고픈 걸 못 느껴요."

제임스는 이상스러운 키안의 말에 잘생긴 그의 얼굴을 요리조리 뜯어보았다. 생긴 건 진짜 멀쩡했다.

사실 키안에겐 이상한 점이 한두 가지가 아니었다. 씻지 않아도 그의 머리 스타일은 헤어스프레이를 뿌린 듯 늘 깔끔했고 몸에서 냄새도 안 났다. 수염이 나지 않았고 머리카락도 손톱도 자라지 않는 거 같았다. 제임스는 그러한 것이 모두 궁금했으나 묻지 않은 채 흘려버렸다. 궁금한 게 있어도 사람에 따라 묻지 않는 사람이 있는데 제임스는 그런 사람이었다.

제임스가 횡단보도 앞으로 걸어갔다. 건너편 고물상 앞에서 브랑카가 오라고 손짓하고 있었다.

고물상 입구에 포터 트럭이 있었다. 브랑카는 늘씬한 여성과 얘기 중이었다. 제임스는 그 여성을 본 적이 있었다. 고물상 할망구가 임사장이라고 부르던 여성이었다.

브랑카가 고물상으로 들어오는 제임스에게 물었다.

"제임스 형, 돈 좀 벌어요!"

"못 버는 거 알면서 그딴 걸 왜 물어?"

"아니, 돈 벌라고요. 이 누나가 줄 거예요. 누나 오늘은 얼마예요?"

"4만 원."

임 사장이 대답했다.

"형, 이 누나하고 같이 가세요!"

임 사장을 도와주면 일당을 받을 수 있다는 말이었다.

"안녕하세요."

임 사장이 제임스에게 명함을 주며 인사했다.

"자원 재생, 고철, 비철금속 전문, 임민아. 임 사장님?"

제임스가 명함을 읽으며 말했다.

"네. 공단에 가서 고철 싣는 건데요."

"그럼 저 사람 데려가면 되겠네."

제임스가 키안을 가리켰다.

"아저씨는 왜?"

"나이 먹은 사람보다 젊은 사람이 낫지."

그러나 임 사장은 키안을 보며 미심쩍다는 표정을 지었다.

"일할 외모가 아닌데……."

<포브스 1호>

"저 아이 어때요?"

"누구……?"

"같은 장면을 보는데 왜 대화가 안 되나 몰라. 임민아! 임민아요."

"몸매 하나는 예술이네요."

"며느릿감으로 어떠냐고요?"

"쓰읍, 찬성입니다."

"달링, 설마? 그렇군. 침 좀 닦으시죠? 한심하긴……."

"……."

"키안, 여기 임 사장님 따라가라!"

제임스가 임 사장을 가리켰다. 이어서 키안에게 귓속말했다.

"키안, 웬만하면 넌 말하지 마라. 궁금한 게 있어도 묻지 말고 간단히 대답만. 알았지?"

"말하지 않는 건 제 특기죠."

키안은 임 사장과 함께 공단으로 출발했다.

공단에 가는 중에도 거기서 일할 때도 키안은 말이 없었다. 키안과 함께하는 동안 임 사장도 말이 없었다.

돌아오는 길에 딱 한 번, 임 사장이 질문을 했지만 키안은 묵묵부답이었다.

"브랑카한테 들었는데 이름이 키안? 왜 가명을 쓰세요? 제임스 아저씨도 그렇고……."

"……."

고물상에 도착한 키안은 트럭 적재함에 있는, 딱 봐도 꽤 묵직해 보이는 고철을 스티로폼 조각처럼 가볍게 들어서 내렸다. 임 사장은 그 모습을 신기하게 지켜보았다. 말하자면 키안은 천하장사 같았다. 고물상 할망구가 고철값으로 20만 원 쳐줬고 임 사장은 거기서 4만 원을 빼서 키안에게 줬다.

한편 종일 빈둥거리던 제임스는 고물상으로 들어가는 포터 트럭을 보고 휘파람을 불며 걸음을 옮겼다. 고물상에서 키안이 나오자 제임스는 강아지처럼 쪼르르 달려가 그를 맞이했다.

"힘들지 않았어?"

제임스는 키안의 어깨를 주물렀다.

키안이 서터문에 등을 기대앉자 제임스는 키안의 팔다리를 주물렀다. 그러자 키안이 돈을 꺼냈다.

"형, 이거."

키안이 제임스의 가슴팍에 돈을 내밀었다.

"왜? 설마, 나, 가지라고?"

키안은 고개를 끄덕였다.

"됐어. 넣어 둬!"

말과 달리 제임스는 퍼런 지폐에서 시선을 떼지 못했다.

"형 가져요."

"진짜? 내가 관리하라는 거지? 그럼 이걸로 고기 먹으러 가는 거 어때?"

＜포브스 1호＞

"멍충이!"

아내가 탄식했다.

"괜찮은 거 같은데……."

"달링?"

"포브스 167이 세상 물정을 모르니까 지구인에게 맡기는 게 낫지 않나 해서요."

"키안이라고 부르라니깐!"

"아차!"

제임스는 백수역 상가로 걸어가면서 콧노래를 흥얼거렸다. 제임스와 키안은 상가 초입에 있는 정육식당에 들어가서 삼겹살 2인분을 주문했다. 밑반찬이 차려지자마자 제임스는 젓가락을 들었다.

직원이 물었다.

"공깃밥 먼저 드릴까요?"

"네, 주세요."

제임스가 대답했다.

"키안, 넌 삼겹살 얼마 만에 먹는 거냐?"

"삼겹살이 뭔데요?"

"……피곤하지? 안다. 피곤해서 말하기 싫은 거."

제임스가 웃어 보였다.

허겁지겁 게걸스럽게 음식을 흡입하는 잘생긴 두 남자의 모습을 옆 테이블 손님들이 힐끗힐끗 쳐다보았다. 그러나 제임스는 그것을 눈곱만큼도 신경 쓰지 않았다. 그는 오롯이 먹는 데만 집중했다.

이쑤시개로 앞니를 쑤시면서 식당을 나오는 제임스는 세상 부러울 것 없는 표정을 지었다.

"임 사장 따라다니면 돈 좀 모으겠어. 추석 때 고향에 다녀올 수도 있고 말이야. 아, 고향이 어디라고 했지?"

"말한 적 없는데……. 알고 싶으세요?"

"어딘데?"

"멀 때는 여기서 7천만 킬로미터. 가까울 땐 5천 7백만 킬로미터 떨어져 있어요."

"아르헨티나? 알래스카? 훨씬 먼 거 같은데……. 근데 고향이 움직이냐?"

"그쵸. 움직이죠."

제임스가 걸음을 멈췄다.

"키안!"

"네."

"농담은 농담처럼 해야 하는 거야. 너처럼 말하면 듣는 사람 기분이 어떻겠어? 우헤헤 웃어 줄까?"

"웃지는 않을 거 같아요."

"그렇다니까!"

"……."

"아무튼 삼겹살 잘 먹었다."

날이 저물고 지나는 차량이 줄어드는 도로변의 한밤, 종일 일한 사람은 키안인데 제임스가 곯아떨어졌다. 자다 일어난 제임스가 홑이불을 찾았다. 키안은 제임스의 발아래 앉아서 텅 빈 도로를 바라보고 있었다.

홑이불을 덮으며 제임스가 말했다.

"키안, 그만 자라."

"네."

제임스는 생각했다. 이상한 새끼! 이 자식 잠자는 걸 본 적이 없어.

키안이 갑자기 제임스의 발을 흔들었다.

"자라니까."

"제임스 형, 저기……!"

키안의 다급한 목소리에 제임스가 마지못해 일어났다.

키안은 비틀거리는 사람을 가리키고 있었다. 도롯가에 한 여성이 벗겨진 하이힐을 줍다가 차도 쪽으로 꼬꾸라질 뻔했다.

제임스가 여성에게 뛰어가서 팔을 붙잡으며 말했다.

"괜찮으세요?"

"괜찮아요."

여성의 입에서 술 냄새가 고약했다.

그런데 여성이 고개 들어 제임스를 보더니 뒷걸음쳤고 제임스도 여성의 팔을 놓아 버렸다.

"스토커, 스토커 새끼!"

여성은 욕을 하면서 핸드백 모서리로 제임스의 머리를 내리쳤다.

"사람 살려!"

여성이 비틀거리며 소리 질렀다.

제임스는 백수역 방향으로 튀었고 영문도 모른 채 키안도 달렸다. 달리는 제임스의 얼굴을 스치는 바람결이 상큼했다.

여성은 제임스가 반했던 백수역의 여인이었다.

4.

어설픈 작전

새벽녘이 되어서야 분시집 앞으로 돌아온 제임스는 달밤에 뜀박질한 상황을 되뇌다가 날밤을 새우고 말았다. 제임스는 옆으로 누워서 출근길 사람들의 발걸음을 말똥말똥 쳐다봤다. 백수역으로 향하는 사람들과 등교하는 학생들의 발걸음이 점점 많아지고 분주해졌다. 제임스는 어쩌다 자신이 노숙자가 됐는지 한탄할 새도 없이 누군가와 눈이 마주쳤다.

백수역의 여인이었다. 놀란 제임스는 등짝으로 셔터를 때리면서 요란하게 일어나 앉았다. 제임스가 일으킨 소리를 들은 여인이 잠시 멈칫했다. 여인 옆에는 초등학생 둘이 있었는데 둘은 제임스가 종종 마주치는 형제였다. 여인은 걸음을 재촉했다. 제임스는 창피했다. 그 와중에도 제임스의 머리에 떠오르는 말이 있었다. 일확천금!

제임스는 마음속 욕망에 시동을 걸 때가 됐다고 생각했다. 그의 시선이 고물상을 향했다.

제임스가 일어섰다.

"키안, 편의점 가자!"

제임스는 편의점에서 수첩을 구매했다. 그러자 알바생이 물었다.

"수첩은 뭐 하시게요?"

"학생이 알 바 아냐. 볼펜 하나만 주면 안 될까?"

"혹시 일자리 구하셨어요?"

알바생이 자기가 쓰던 볼펜을 주며 물었으나 제임스는 말없이 편의점을 나왔다.

제임스는 파라솔 테이블 앞에 앉아서 뭔가 메모하기 시작했다. 대충 메모를 끝낸 제임스는 여기저기 상점에 들러 법무사 사무실을 수소문했다. 그렇게 해서 찾아낸 곳이 '역전 법무사'였다.

백수역 앞에 있는 역전 법무사는 건물 3층에 있었다. 사무실에 들어선 제임스가 쭈뼛쭈뼛했다.

"……안녕하십니까!"

"네, 안녕하세요."

사무실에 홀로 있던 남자가 컴퓨터 키보드를 두드리면서 인사했다.

"유서 있잖습니까?"

제임스는 대뜸 '유서'라는 말을 꺼냈고 남자는 그와 관련해 5분 정도 얘기했다. 자신의 지식을 뽐내듯 말하는 남자는 먼저 법률에서는 유서라는 말 대신 유언서라는 용어를 쓴다고 했다. 일반적으로 유언장이라는 말이 널리 통용되고 있어서 유언장이라 해도 문제가 없다는 말도 덧붙였다. 그리고 유언장 작성법과 그 법적 효력에 대해 언급했다. 바로 제임스가 원하던 것이었다. 제임스는 남자의 말을 놓치지 않고 수첩에 받아적었다.

제임스는 수첩에 자신의 메모를 보며 생각했다. 이것도 안 되고,

증인을 구할 수도 없고, 남은 건…….

"유언장 조작."

제임스의 입에서 그 말이 튀어나왔다.

키보드를 두드리던 남자가 제임스를 쳐다봤다.

"하하, 유언장 조작 대필인지 뭔지 독거노인 재산 노리는 몹쓸 놈들, 참. 법무사님도 뉴스 보셨죠?"

제임스가 서툴게 둘러대며 너털웃음을 터뜨렸다.

"저 법무사 아닌데요. 그냥 직원이에요."

"직원? 아무튼, 감사해요."

사무실을 나온 제임스는 오리 새끼마냥 자기를 졸졸 뒤따르는 키안을 서너 번 곁눈질했다.

느닷없이 제임스가 말했다.

"야, 너 독립해라!"

"갑자기?"

"각자 갈 길 찾아가야지."

"왜요?"

"사람들이 만날 우리 쳐다보는 거 몰라? 꼬맹이들도 우릴 우습게 보더라. 어른 둘이 붙어 다니니까 더 그래. 아무렴 혼자가 낫지."

"형이랑 떨어질 수 없어요."

"그게 무슨 개뼉다구 같은 소리야?"

"친구잖아요?"

"친구도 때가 되면 떨어지는 거야. 근데 너랑 나랑 친구먹기엔 나이 차이가 너무 나지 않냐?"

"짝 찾으면 갈 거예요."

"무슨 짝?"

"파트너, 신붓감."

"네 주제에? 나 따라다니면서?"

"아무튼 짝 찾으면 갈 거예요."

제임스가 걸음을 멈췄다.

"아, 이 새끼. 알았다. 근데 조건이 있어."

"조건?"

"앞으로 내가 무슨 일을 하든 간섭하지 마라. 뭐 그럴만한 녀석도 아니지만."

"네."

"신고할 생각도 말고!"

"무슨 신고요?"

"아무튼!"

"안 할게요."

제임스는 키안을 달고 고물상으로 향했다.

고물상 사무실 문이 열려 있었고 할망구는 파리채를 든 채 꾸벅꾸벅 졸고 있었다. 할망구가 기댄 책상에 새새의 파일과 장부가 제임스의 눈에 띄었다.

"왔으면 인기척을 해야지. 도둑놈이냐?"

귀신같은 할망구가 파리채로 탁자를 내리쳤다.

"놀래라! 사장님 깰까 봐 그랬죠."

제임스는 가슴을 쓸어내렸다.

"젊은 것들이 밥벌이를 해야지. 대낮에 싸돌아다니기만 하니. 쯧쯧. 냉장고에서 야쿠르트 꺼내 먹어!"

"요구르트가 맞지 않아요?"

"허튼소리 하지 말어! 언제까지 서 있을 거여?"

"고맙습니다."

키안이 낡은 소파에 앉았다.

"키안, 맞지?"

할망구가 물었다.

키안은 고개를 끄덕였다.

"사장님이 얘 이름을 어떻게 아세요?"

"임 사장한테 들었지. 너나 쟤나 이름이 요상해서……. 키안은 임 사장 일 도와주면 굶지는 않겠구먼. 힘이 장사라며? 일 잘한다고 임 사장이 마음에 들어 하더라. 근데, 새벽에 춥지 않어?"

"별로요."

제임스가 대답했다.

"세상에 딱한 사람 천지니, 참."

"사장님도 혼자라면서요? 가족 하나 없는……."

"뭐?"

"사장님도 딱하다고요."

"김 노인이 또 내 얘기를 했구먼."

"어떻게 아셨어요?"

"그 노인네 입이 가벼워. 한두 번이 아냐."

할망구의 말이 끝나기 무섭게 낯선 남자 둘이 불쑥 들어왔다.

"사장님, 안녕하세요!"

"이 양반들이, 안 한대도! 보상을 아무리 해 줘 봐라, 내가 눈 하나 깜짝하는가! 똑같은 소리 할 거면 발도 들이지 말어!"

밑도 끝도 없이 할망구가 두 남자에게 버럭 소리쳤다.

"사장님, 저희가 오고 싶어서 옵니까? 공무 때문인 거 뻔히 아시면서 올 때마다 화부터 내시고……. 저희한테도 야쿠르트 좀 주시고 얘기하면 안 돼요?"

한 남자가 제임스가 손에 쥔 야쿠르트를 흘끗 쳐다봤다.

"사장님, 저희는 갈게요."

전후 사정을 알 리 없는 제임스는 조용히 자리에서 일어났다. 제임스를 따라 키안도 일어섰다.

낯선 두 남자를 스치면서 제임스는 그들의 목에 걸린 공무원신분증에 슬쩍 눈길을 줬다.

사람들도 자동차도 잦아든 한밤, 키안은 잠든 제임스를 흔들었다.

"형, 일어나세요. 제임스 형!"

"……."

"형 일어나라고요!"

"……."

"새벽에 깨우라면서요?"

"그만 흔들어! 알았다, 알았어!"

제임스가 짜증을 내면서 일어나 앉았다.

"저는 시키는 대로 했습니다."

"고맙다, 짜식아!"

"근데 이 시간에 뭐 하려고요?"

"일확천금. 일어나자, 제임스!"

제임스는 주문을 외듯 혼잣말했다.

"따라와!"

제임스가 앞장섰다.

제임스와 키안은 고물상 앞으로 갔다. 차량이 드나드는 커다란 고물상 양철문은 체인 자물쇠로 잠겨 있었다. 제임스가 시키는 대로 키안은 양철문에 등을 기댄 채 무릎을 구부렸다. 제임스는 키안의 무릎을 밟고 올라섰다.

"형, 잠깐만! 형 거시기가 제 얼굴에……."

"자 됐냐?"

제임스가 키안의 어깨를 밟고 올라섰다. 그는 양철문을 넘을 작정이었다.

키안의 도움으로 어렵지 않게 양철문을 넘은 제임스는 고물상 안을 훑어봤다. 고물상 안은 조심할 게 하나도 없었다. 개새끼도 그 흔한 CCTV 카메라도 없었다. 제임스는 곧장 사무실로 가서 손잡이를 잡아 돌렸다. 이 할망구, 문도 잠그지 않았다.

제임스는 전등을 켰다. 책상 앞으로 가서 파일과 장부를 뒤적였다. 제임스는 금세 할망구의 사업자등록증을 찾아냈다. 할망구의 자필로 추정되는 글이 적힌 노트도 있었다. 서랍에는 막도장과 빨간 인주가 있었다. 이 할망구, 의외로 허술하다.

전등을 끄고 밖으로 나왔을 때 제임스는 숨이 턱 막혔다.

"어떻게 넘어가지?"

양철문을 넘을 방법이 없었다.

<포브스 1호>

"달링, 도움이 필요한 것 같아요."

"도와줄끼요?"

"가만두면, 문제가 생기겠죠?"

"그쵸. 그럼……."

남편은 솔루션 버튼 '4'를 눌렀다.

순간 제임스는 어미 개에 목덜미를 물린 새끼 강아지처럼 공중 부양하더니 양철문을 사뿐히 넘어 버렸다. 키안 앞에 착지한 제임스는 이미 얼이 빠진 상태였다. 자기 몸이 방금 통제 불능이었는데 무슨 일인지 제임스는 알 길이 없었다. 정말이지 천지가 개벽할 노릇이었다. 제임스는 목덜미를 만지작대다가 제자리에서 폴짝 점프도 해보았다.

제임스는 고개를 뒤로 젖혀 하늘을 올려다봤다.

"하나님, 당신이죠? 이런 일을 할 분은 당신밖에 없어요. 하나님, 감사합니다. 하나님도 저의 계획에 동참하신 건가요? 전지전능하신 하나님, 김사합니다."

<포브스 1호>

"에―취!"

"달링, 그놈의 재채기! 덕분에 공공연하게 포브스 1호 홍보하는

군요."

아내가 뇌까렸다.

"조심할—게요."

남편이 재채기를 억눌렀다.

두 손을 모으고 하늘을 올려다보던 제임스가 뒤로 엉덩방아를 찧
었다. 제임스는 한줄기 섬광과 더불어 타원형의 비행물체가 나타났
다가 사라지는 것을 목격한 것이다.

제임스는 전율했다.

"계셨어. 살아서 역사하시는 하나님!"

"별똥별이네!"

키안이 시큰둥하게 내뱉었다.

"저 새끼가!"

"뭐 해요? 어서 일어나요."

제임스를 뒤로하고 키안은 태연히 횡단보도 쪽으로 걸어갔다.

검은 하늘과 높은 양철문을 번갈아 쳐다보던 제임스는 갑자기 등
골이 오싹해졌다.

키안을 향해 제임스가 소리쳤다.

"야, 같이 가!"

기이한 일을 경험한 후로 제임스는 신의 존재를 믿어 의심치 않았고 자신의 욕망에 더욱 집착하기 시작했다.

제임스는 지난 일주일 동안 할망구의 출퇴근 루틴을 수첩에 기록했다. 특히 할망구의 퇴근 시간에 주목했다. 할망구는 금요일마다 늦은 귀가를 하고 있었다.

어느 금요일이었다. 복권방 안 벽시계는 밤 10시를 가리켰다. 길 건너에 가방을 든 할망구의 모습이 보였다. 할망구는 양철문을 잠그고 횡단보도로 걸어갔다. 원래 고물상 앞으로 지나다니는 사람들이 많지 않았다. 밤에는 개미 한 마리 얼씬거리지 않았다. 그것이 금요일 밤 10시였다.

제임스는 두 가지를 반복했다. 아침마다 할망구의 필체를 연습하는 것과, 틈나는 대로 고물상에 가서 할망구의 손과 어깨 그리고 두피를 마사지해주는 것이었다. 할망구는 손 마사지 받는 걸 좋아했고 마사지 대가로 야쿠르트 하나를 주었다. 야쿠르트를 받아 들면서 제임스는 매번 속으로 말했다. 작전 성공하는 날, 너 대신 와인을 들겠노라!

제임스는 자신과 할망구의 친분을 과시하는 모습도 보였다. 김 노인부터 시작해서 점점 다른 노인들에게까지 허세를 부렸다. 심지어 자기가 할망구의 양아들이 될 거란 허풍을 떨었으니 할망구가 알면 사달이 날 일이었다. 그러나 제임스는 아랑곳하지 않았다. 오늘 아침에도 그는 묵묵히 할망구의 필체 연습에 몰두하고 있었다.

"형아, 저 아저씨!"

동생이 수첩에 뭔가를 깨작거리는 제임스를 가리켰다.

"승아야, 형이 뭐라고 했어?"

"아는 체 말라고."

"그래, 형 말대로 해."

"근데 저 아저씨가 공부하는 거 같아서……."

"가지가지 한다."

형이 제임스를 보며 눈살을 찌푸렸다.

"꼬마야!"

제임스가 초등학생 형제에게 오라고 손짓했다.

"형!"

동생이 형의 손을 잡아당겼다. 형제는 분식집 앞으로 갔다.

형제가 다가오자 제임스가 웃으며 물었다.

"니들 이름이 뭐야?"

"저는 '승아'고요, 우리 형은 '승우'예요."

동생 승아가 대답했다. 형은 왜 함부로 이름을 말하냐는 투로 동생 손을 잡아당겼다.

"성은?"

"그건 왜요?"

승우가 되물었다.

"이 저씨가 맞혀 볼까?"

"조가예요."

승우가 말했다.

"좆까?"

"그렇게 말하지 마세요!"

승우는 미간을 찡그렸다.

"크크, 미안. 난 제임스. 저 아저씨는 키안."

"승아야, 가자!"

승우가 얼굴을 찌푸리면서 동생 손을 잡아당겼다.

"얘들아, 잠깐만! 하나만 물어보자!"

"꼴값한다."

승우가 중얼거렸다.

"승우야! 전에 같이 등교하던 이모 있잖아?"

"이모 아니라 울 엄마예요!"

승아가 말했다.

백수역의 여인을 머릿속에 그리며 미소 짓던 제임스가 A4 종이 한 장을 꺼냈다. 제임스는 종이에 적힌 필체와 내용을 여러 차례 확인했다. 만족한 표정으로 그 종이를 두 번 접었다. 제임스는 일어나서 사방을 두리번거렸다. 인도로 가서 분식집을 쳐다보기도 했다. 제임스가 뭔가 마뜩잖은 표정을 짓자 키안이 물었다.

"형, 왜 그래요? 뭐 잃어버렸어요?"

"그런 거 아냐."

마침내 유언장을 완성한 제임스는 그것을 보관할 장소가 마땅치 않았다. 제임스는 분식집 셔터문과 대리석 바닥 사이 틈으로 손을 넣어보았다. 그러고는 셔터문 안으로 유언장을 밀어 넣었다. 유언장을 수시로 확인할 수 있어서 잘됐다고 생각했다. 제임스는 이 모든 게 보기에 좋았다.

제임스는 하늘을 올려다보며 생각했다. 이제 할망구를 하늘나라로 보내면 끝이다.

"제임스 형!"

브랑카였다.

"형, 잠깐만!"

길 건너에 브랑카가 오라고 손짓했다.

제임스는 브랑카에게 손을 흔들어 보이며 건너편 고물상으로 갔다. 고물상 안쪽에 임 사장의 포터 트럭이 있는 거로 봐서 임 사장이 일꾼을 구하는 모양이었다. 아니나 다를까 임 사장은 키안을 원했고 제임스에게는 일할 의향을 묻지도 않았다. 이내 임 사장과 키안은 고철을 수거하러 떠났다. 제임스는 아침부터 할망구에게 마사지 서비스를 해주었는데 그날따라 제임스는 콧노래를 흥얼거렸다.

할망구가 물었다.

"뭐가 그리 좋아? 돈벼락이라도 맞았어?"

"흐흐, 맞을지도 모르죠."

〈포브스 1호〉

"달링, 마사지해보세요."

아내가 손을 내밀었다.

"한 번도 안 해봤는데요?"

"안 해봤으니까 해보라는 거 아니에요."

"네."

"……음, 좋아요. 좋은데요. 봐요, 배우지 않아도 스스로 터득할 수 있는 게 한두 가지가 아닙니다."

아내는 고개를 뒤로 젖히고 흡족한 표정을 지었다.

고물상 밖으로 나온 제임스가 뭔가를 주시했다. 그의 시선이 향한 곳은 길바닥의 맨홀이었다. 고물상을 나와서 횡단보도를 건너려면 맨홀을 밟고 지나가야 했다. 할망구도 마찬가지였다. 거기에 똥이 있으면 모를까 사람들은 맨홀 뚜껑을 일부러 피해 다니지는 않았다. 제임스는 생각보다 일확천금의 시간이 빨리 오는 거 같았다.

저녁 무렵 돌아온 키안은 말 한마디 안 했지만, 얼굴에는 '삼겹살 먹으러 가요!'라고 쓰여 있었다. 그러나 오늘은 아니라고 생각한 제임스는 날이 어두워지기만을 기다렸다.

마침내 주변이 어둑어둑해지자 제임스의 발걸음이 맨홀 있는 곳으로 향했다. 아침에 눈여겨봤던 그 맨홀이었다. 맨홀 뚜껑에 손잡이가 있었다. 제임스가 손잡이를 당겨서 뚜껑을 열어보려 했지만 철 뚜껑은 꿈쩍도 안 했다.

제임스가 손잡이를 내려놓자 키안이 맨홀 손잡이에 손을 댔다.

"제임스 형, 제가 해볼까요?"

"형이 뭐 하려는 건지는 아냐?"

"뚜껑 열려는 거잖아요. 비키세요."

드르륵, 드르륵, 키안은 단번에 뚜껑을 들어서 옆으로 옮겼다.

"키안!"

제임스는 키안의 팔뚝을 만지며 탄성을 질렀다. 그리고 맨홀 안을 들여다보았다. 깊었다. 할망구가 여기 빠지면 목숨을 부지하지 못할 것이다. 제임스는 맨홀 뚜껑을 닫지 않았다.

제임스는 낚시꾼처럼 분식집 앞에 앉아서 누군가를 기다렸다. 엉뚱한 사람이 맨홀에 빠지지 않도록 경계도 했다.

키안이 속삭였다.

"형, 저기 사장님 나오시는데요."

"물고기 등장!"

제임스가 의미심장한 미소를 지었다.

고물상 문을 잠그고 돌아서는 할망구의 걸음걸이는 느릿느릿했다. 할망구의 발걸음이 맨홀과 가까워지고 있었다.

"사장님!"

제임스가 소리쳤다.

"사장님, 멈춰요! 거기 가만 계세요!"

제임스가 펄쩍 뛰며 더 크게 소리 질렀다. 제임스는 신호등을 무시하고 할망구한테 쏜살같이 달려갔다.

제임스는 숨을 고르면서 뚜껑 열린 맨홀을 가리켰다.

"사장님, 저 건너편에서도 보이던데……. 보세요."

"이게 뭐야? 오우 이렇게나 깊어!"

할망구가 시커먼 맨홀 안을 내려다보았다.

"사장님, 큰일 날 뻔했어요. 여기 빠졌으면 어쩔 뻔했어요?"

"……."

할망구가 슬며시 제임스의 손을 잡았다.

"자네가 저기서 노숙하기에 망정이지, 정말 큰일 날 뻔했구먼."

"덮어 놔야겠어요."

"그래야지. 낮에 공사를 했으면 제대로 마무리를 해야지, 썩을 놈들."

"사장님, 집까지 같이 가드릴까요?"

"뭐 하러?"

"미안해서, 아니 그냥요."

"그래 그럼. 이거 좀 들어!"

할망구가 가방을 건넸다.

"잠깐만요, 사장님. 이것부터 닫고요."

제임스는 간신히 뚜껑을 끌어서 맨홀을 닫았다. 닫는 건 여는 것만큼 힘에 벅차지 않았다.

할망구와 나란히 걷던 제임스의 얼굴이 일그러졌다. 조금 전 하마터면 일어날 뻔한 불상사가 마음에 떠올랐고 그 때문인지 갑자기 편두통이 왔던 것이다.

"저기서 좀 쉬자."

어린이 놀이터에 이르자 할망구가 벤치를 가리켰다.

"여기가 어딘지 알어?"

벤치에 앉으며 할망구가 물었다.

"놀이터잖아요."

"나한테는 에덴동산 같은 데야. 집에 들어가기 전에 난 항상 여기 앉았다 가. 나는 말이야. 뛰어노는 아이들 볼 때가 세상에서 가장 행복해. 아이들 웃음소리가 세상에서 가장 좋아. 그래서 여긴 이 늙은 이한테 에덴동산이지."

제임스는 고개를 건성건성 끄덕였다.

"내가 비록 다 늙어빠진 할망구지만, 나한테는 죽기 전에 이루고 픈 꿈이 있어. 참, 우리 집이 바로 저 위야. 그만 가 봐."

"그럼. 안녕히 가세요."

머리가 지끈지끈한 제임스의 귀에 할망구의 꿈 이야기가 들어올 리 없었다.

일주일이 흘러 다시 금요일 저녁이 되었다. 제임스는 오늘을 학수 고대하며 기다렸다. 준비해 둔 것도 있었다. 강철 사각 파이프! 금품 갈취를 목적으로 한적한 길에서 사람의 머리를 내려치기에 최적의 도구였다.

퍽치기.

할망구와 같은 노인에게는 치명적이지 않을 수 없다. 제임스는 분 식집 셔터문을 박차고 일어섰다. 그의 등 뒤에 번쩍이는 강철 사각 파 이프가 있었다.

"형, 어디 가세요?"

키안이 제임스 뒤를 따랐다.

"따라오지 마라."

제임스는 뒤돌아보지 않았다.

"같이 가요!"

그래도 키안은 제임스를 뒤쫓았다.

제임스와 키안이 간 곳은 어린이 놀이터, 할망구의 최애 장소였다. 놀이터는 사철나무로 빽빽이 울타리 쳐져 있었고 벤치들은 울타리에 등을 기대고 있었다. 제임스는 주변을 살피더니 놀이터 CCTV 아래로 걸어갔다. 키안이 자기를 무동 태우게 한 제임스는 파이프로 CCTV 카메라 방향이 하늘을 향하게 하는 용의주도함을 보였다. 그다음, 제임스는 숨바꼭질하는 것처럼 울타리 뒤에 쪼그려 앉았다.

"형 보이냐?"

"머리 숙이세요."

"됐어?"

"이제 안 보여요."

제임스는 지난번에 할망구가 앉았던 벤치 뒤 울타리 아래 몸을 숨겼다. 강철 파이프를 가슴에 안은 채였다.

제임스가 눈을 감고 중얼거렸다.

"실수하지 말자. 한 방에 끝내는 거야. 할망구는 살 만큼 살았어. 원샷! 원킬! 제임스, 피도 눈물도 없는 사람이 되자. 죄책감은 눈곱만큼도 갖지 말자. 오, 하나님!"

"형, 크리스천이었어요?"

"키안, 너도 형 옆에 앉아. 절대 일어나면 안 돼. 알았지?"

"네."

제임스는 할망구가 벤치에 앉기를 기다렸다.

한참을 앉아 있었더니 제임스는 엉덩이도 허리도 불편했다. 흙바닥에서는 습기가 올라오는 것 같았다. 그래서 고개를 들고 일어나려 했다. 그때 드디어 저쪽에 할망구가 보였다. 하나님, 감사합니다!

마침내 할망구가 벤치에 앉는 소리가 들렸다. 할망구의 숨소리까지 들리는 듯했다. 제임스는 호흡을 가다듬고 생각했다. 이제 용수철처럼 일어나서 파이프를 휘두른 다음 냅다 튀면 끝이다.

제임스가 벌떡 일어났다.

쿵! 제임스는 뒤로 자빠져서 풀밭에 뒹굴었다. 제임스가 일어나자 힘센 키안이 제임스의 허리춤을 잡고 홱 잡아당긴 것이다.

놀란 할망구가 돌아봤다.

"거기, 누구여?"

할망구가 울타리 너머로 고개를 내밀었다.

"사장님, ······저예요. 제임스."

제임스는 사지를 비틀며 대답했다.

"제임스?"

"사장님, 저도 있어요."

쭈그려 앉은 키안이 말했다.

"어 그래, 키안."

키안의 하얀 이가 빛났다.

"제임스, 근데 거기서 뭐 하냐? 잠자리 바꿨냐? 그런 데서 자면 못 써! 눅눅한 데서 자면 입 돌아가!"

할망구는 다시 벤치에 앉았다.

분식집 앞으로 돌아온 제임스가 키안을 노려봤다.

"아까 왜 그랬어?"

"어떤 거요?"

"왜 잡아당겼냐고?"

"절대 일어나지 말라면서요?"

"그건…… 됐다. 내 잘못이지. 벌거숭이 미친 새끼하고 뭘 하겠다고……."

제임스는 잠이 오지 않았다. 셔터문 안쪽에 있는 유언장을 확인하며 또 다른 계획을 고민해야 했다.

5.

슝우, 슝아

제임스에게 영화 같은 일은 일어나지 않았다.

범죄의 성공은 그에게 영화 속 한 장면일 뿐이었다. 노숙자는 술 처먹고 도로변에 오줌싸고 허공에 발길질할 뿐 그럴싸한 범죄를 저지를 수 없는가. 제임스는 땅이 꺼져라 한숨을 내쉬었다.

제임스의 계획은 지금 소강상태다.

"키안, 일어나. 편의점이나 가자."

키안은 말없이 일어섰고 제임스는 하늘을 우러러보며 중얼거렸다.

"하나님, 부디 이 어린 양을 불쌍히 여기시어 제발 제게 기가 막힌 아이디어를 주소서. 도와주셔야 합니다. 하나님도 공범인 거 아시죠? 중간에 튀시면 안 됩니다."

띠링띠링, 편의점 문 종소리가 울렸다.

제임스가 계산대로 가면서 알바생에게 물었다.

"학생, 학교 안 가?"

"학교에 가든 말든……."

알바생이 궁시렁댔다.

"샌드위치 없어?"

"이거 드세요."

알바생이 삼각김밥 두 덩이를 계산대에 올려놓았다.

"아저씨, 낼모레 월요일 아침부터는 저 없어요. 다른 알바생이 올 거예요."

"왜? 그만두냐?"

"야간에 해요."

"고마워."

제임스는 삼각김밥을 들어 보였고 알바생은 어이없다는 표정을 지었다.

제임스와 키안이 편의점을 나올 때 고등학생들이 우르르 편의점으로 들어갔다.

"학생, 어깰 부딪혔으면 죄송한 척이라도 해야지. 안 그래?"

제임스가 멈춰서서 노랑머리 학생에게 말했다.

학생은 아니꼬운 눈초리로 제임스를 한번 째려본 다음 그냥 안으로 들어가 버렸다.

"아, 저 노랑머리 새끼!"

제임스는 문에 대고 헛주먹을 날렸다.

제임스와 키안은 파라솔 테이블에 앉아서 삼각김밥을 뜯었다. 김밥을 한입 베어 문 키안이 제임스 등 뒤를 가리켰다.

"왜?"

"형, 쟤네!"

"……."

"제임스 형, 쟤들!"

키안이 다시 편의점에서 나오는 학생들을 가리켰다.

학생 중 한 명이 담배 한 갑을 자랑하듯 흔들어대고 있었다.

"키안, 신경 꺼라."

제임스는 한번 뒤돌아보고 말았다.

"형은 쟤네가 무서워요?"

"그게 아니라…… 똥이 무서워서 피하는 게 아니잖아? 저런 고삐리 천지삐까리다. 잠깐만……."

갑자기 삼각김밥을 내려놓더니 제임스가 편의점으로 들어갔다.

"야, 너 담배 팔았냐? 친구들한테 담배나 팔고 잘하는 짓이다!"

제임스가 알바생을 꾸짖었다.

"친구 아니에요."

"담배 판 건 맞다는 거네?"

"나가서 김밥이나 드세요."

"짜증 내는 거냐?"

"그런 거 아니에요."

"짜식, 친구들한테 담배나 팔고. 술도 팔지? 그러니까 저 새끼들이 너 있을 때 오는 거 아냐?"

"아이씨, 쟤들 세워놓고 쟤들한테 뭐라 하세요! 제가 잘못한 게 뭔데요? 샌드위치, 뭐, 김밥 챙겨드리니까 저한테 잔소리해도 된다 생각하세요? 알지도 못하면서…….”

갑자기 알바생이 목에 핏대를 세웠다.

“짜식, 성질은……. 근데 낼모레부터 일한다는, 신입 알바생은 여자냐 남자냐?”

“몰라요.”

알바생은 잔뜩 미간을 찌푸리며 창고로 들어가 버렸다.

<포브스 1호>

“알바생 승!”

남편이 주먹을 들어 올렸다.

“달링, 뭐 하자는 거죠?”

“알바생이 우세라고요.”

“스포츠예요? 저게 게임이에요?”

“미안합니다.”

제임스의 단골편의점에서 알바를 하게 된 사람은 다름 아닌 승우, 승아 형제의 엄마였다.

2년 전에 백수역 인근 아파트로 이사 온 승우 엄마는 싱글맘이었다. 남편은 9년 전에 세상을 떠났다. 남편 사후 의지할 곳 하나 없던 그녀에게 손 내밀어준 사람이 있었다. 특수한 이유로 보육원에 들어갔던 그녀가 그곳에서 함께 지내던 어떤 언니. 그 언니를 만난 뒤로 승우 엄마는 두 아이만 집에 남겨둔 채 밤늦은 시각에 출근하기 시작했다. 대출금만 갚고 그만두려고 했지만, 생각대로 되지 않았다. 다행히 코로나 상황이 이어지면서 그녀는 유흥업소 일에서 손을 떼게 되었고 그 덕분에 승우와 승아의 얼굴이 밝아졌다. 어느새 5학년이 된 승우와 2학년인 승아가 엄마 앞에 앉았다.

승아가 웃으며 물었다.

"엄마, 정말 우리랑 같이 자는 거야?"

"그럼! 매일 매일!"

"저녁밥도 같이 먹고?"

"아침밥은 같이 안 먹을 거야?"

승아의 얼굴이 더없이 밝았다.

"편의점에서 알바해서는 아파트 관리비 내기도 어려운 거 아냐?"

승우가 물었다.

"승우야!"

엄마가 승우 손을 잡고 마주 앉았다.

"하늘나라 계신 아빠가 늘 하시던 말, 기억하니?"

"적은 돈으로 알뜰하게 지내라?"

"그래."

"근데 아빠는 돈도 많이 벌어야 한다고 하셨다며? 그래야 좋은 일

많이 할 수 있다고. 돈 없으면 좋은 일 하고 싶어도 못 한다고.”

“그럼 어떡할까? 엄마, 계속 저녁에 나가서 새벽에 들어올까?”

“아니. 그건 아냐.”

승우가 고개를 떨궜다.

승우 엄마가 스마트폰을 내려다봤다.

“잠깐만 승우야. 엄마 전화 좀 받고. 여보세요!”

“(문자 드렸는데, 말씀이 없으셔서…….)”

“미처 말씀 못 드렸는데 1년만 연장해주시면 안 될까요?”

“(저층도 우리 집보다 2천이 비싼걸요. 그것부터 말씀을 주셔야…….)”

“며칠만 시간 주실 수 있을까요?”

“(……그렇게 하세요. 그리고 섭섭하게 생각하지 않으셨음 좋겠어요. 나름 독촉하지 않은 거 아시죠?)”

“네, 고맙게 생각하고 있습니다. 고맙습니다.”

아파트 주인의 전화였다. 엄마가 전화를 끊자 승우가 물었다.

“무슨 일이야?”

“승우야, 승아야, 우리 이사 갈까?”

“왜?”

승아가 되물었다.

“엄마는 옆 동네 빌라로 이사 가고 싶은데.”

“엄마 돈 필요해?”

승우가 똘망똘망한 눈으로 엄마를 바라봤다.

"아담한 빌라로 이사 가면 안 필요할 거 같은데!"

엄마가 웃으며 승우의 머리를 쓰다듬었다.

"엄마, 이거……."

승우가 자기 스마트폰의 어떤 앱을 열어서 엄마에게 내밀었다.

"어머……! 승우야, 이거 엄마가 만들어준 주식계좌 아니니?"

승우의 주식거래 앱의 '총평가액'을 본 엄마는 입을 다물지 못했다.

"1학년 때부터 했어. 얼마였더라? 처음 시작할 때 계좌에 돈이 엄청 많았어."

아이들 아빠가 세상을 떠나면서 남긴 보험금 일부로 승우 엄마는 승우와 승아에게 주식계좌를 개설해주었었다.

"우리 승우, 엄마가 준 용돈으로도 주식 샀구나?"

"응. 나는 이거 엄마가 썼으면 좋겠어."

"우리 아들이 주식 신동인 걸! 근데 엄마가 승우 돈을 쓸 수 있을까?"

엄마는 고개를 저었다.

그날 밤 세 식구는 거실에서 잠을 잤다. 엄마를 사이에 두고 승우와 승아가 옆에 누웠다. 승아는 엄마 팔을 안은 채 엄마한테 입술을 들이대면서 뽀뽀해달라고 졸라댔다. 마치 내일이 놀이동산에 가는 날인 것처럼 승우도 잠이 오지 않았다.

다음 날 아침 승우 엄마는 편의점에 첫 출근 했다. 편의점은 아이들 등굣길에 있었다. 집에서 도보로 5분밖에 걸리지 않았다. 셋은 같이 집을 나섰다.

아침에 눈을 뜨자마자 제임스는 편의점으로 발걸음 했다. 신입 알바생이 궁금하기도 했고, 일용할 양식을 안정적으로 공급받기 위해서는 알바생에게 노숙자의 존재를 인식시켜야 했다.

그런데 편의점에 들어선 제임스는 몸이 굳어버리고 말았다. 승우 엄마 때문이었다. 그녀는 누군가와 통화하며 제임스에게 손짓했는데 오라는 건지 나가라는 건지 알 수 없어서 제임스는 바보처럼 멍하니 서 있었다.

"언니, 반밖에 입금되지 않았어요."

"(힘든 거 알잖아?)"

"어제까지 입금한다고 한 건 언니잖아요?"

"(권리금도 포기하고 가게 내놓은 거 뻔히 알면서…… 아무튼 오늘 하루만 출근해 줘.)"

"편의점 알바 시작했다니까요!"

"(오늘 나오면 나머지 바로 입금하고 플러스해서 좀 더 줄게. 다 어디로 빠져나갔는지 아가씨 구하기가 힘들어. 부탁 좀 하자.)"

"……잔금의 50퍼센트 우선 입금해주면 나갈게요. 그리고 오늘 하루만이에요."

"(동생 너무한다. 알았어. 50퍼센트.)

"지금 바로 입금요. 끊어요."

전화를 끊은 승우 엄마가 제임스를 바라봤다.

"저기요!"

"저요?"

제임스가 손가락으로 자신을 가리켰다.

"네."

승우 엄마가 계산대 밖으로 나와서 제임스에게 다가갔다.

"지난번엔 미안했어요. 스토커로 오해한 거……. 힘들게 사시는 분한테……."

승우 엄마가 말끝을 흐렸다.

"아, 아니에요. 괜찮습니다."

"뭐 좀 드시겠어요? 제가 살게요."

승우 엄마는 제임스에게 도시락과 음료수를 챙겨준 다음 고개 숙여 인사하고 창고로 들어갔다. 이내 승우 엄마는 창고에서 음료수 박스를 들고나왔는데 그것이 제임스의 눈에 버거워 보였다.

"도와드릴까요?"

"아뇨, 괜찮아요."

"도와드릴게요. 안에서 음료수 가져오면 되는 거죠?"

제임스는 창고에서 꺼낸 음료수를 종류별로 냉장고와 쇼케이스에 놓았고 창고 선반에 물건 정리하는 것도 도와주었다. 여자 혼자서 하기엔 벅찬 일이었다.

이마에 땀을 닦으면서 편의점을 나오던 제임스가 키안을 못마땅한 눈으로 쳐다봤다.

"키안! 형이 들어가서 안 나오면 궁금하지 않냐? 한번 들어와 봐야 하는 거 아냐? 주구장창 여기 앉아만 있냐? 싸가지 없는 새끼……."

제임스는 승우 엄마가 챙겨준 도시락과 음료수를 테이블 위에 툭 던져놓고 할망구 고물상 방향으로 사라졌다.

학교에서 돌아오면 시간 가는 줄 모르고 컴퓨터 게임에 몰두하던 승우가 오늘은 컴퓨터 앞에 앉지 않았다. 대신 손잡이가 가슴팍까지 닿는 청소기를 들었다.

"승아야, 너 현관에 신발 정리하고 책상도 정리해라."

"형은 청소기 돌릴 거야?"

"난 청소기 돌릴 테니까 넌 신발, 책상, 장난감 같은 거 정리 좀 해."

"응."

엄마가 집에 오기 전에 뭔가 해야겠다 싶었던 승우에게 생각난 것이 청소였다.

승우는 엄마가 그러실 것 같았다. 어머, 거실도 방도 깨끗하고 신발도 예쁘게 정리했네! 그렇게 잔소리해도 안 하던 승우, 승아, 우리 보물들이 청소를! 그리고 엄마는 우리를 안아주실 거다.

"형아, 엄마한테 전화하고 싶다."

"하고 싶으면 해."

승아는 장난감 정리하다 말고 스마트폰을 들었다.

"엄마!"

"(어, 승아야!)"

"엄마, 형이랑 나랑 청소하고 있다!"

"(정말?)"

"형은 청소기 돌려."

"(······.)"

"엄마!"

"(듣고 있어, 승아야.)"

"엄마, 몇 시에 와?"

"(승아야, 형 좀 바꿔줄래?)"

"응. 형! 엄마가 형 바꿔 달래."

"엄마!"

승우의 목소리가 밝았다.

"(승우야, 엄마가 오늘 갑자기 일이 생겨서, 그래서 승우가 동생이랑 저녁 먹고……
승우, 승아 먼저 자야 할 것 같아서.)"

"혹시 전에 일하던 데 가는 거야?"

"(딱 하루만……. 엄마 기다리지 말고 먼저 자야 해.)"

"……알았어."

"(승우야, 엄마가 미안해.)"

"괜찮아. 근데 정말 오늘 딱 하루만이다."

"(응, 오늘만. 다음부터 엄마 절대 늦지 않을 거야. 약속할게.)"

"약속 지켜야 해!"

"(당연하지. 승아한테는 엄마가 나중에 전화할게. 엄마 전화 끊어야겠다.)"

"알았어."

승우는 잠시 소파에 앉았다가 다시 청소기를 돌렸다.

화요일 아침이었다.

파라솔 테이블 앞에 앉은 제임스가 편의점 안을 뚫어져라 보고 있
었다. 그러다 문 앞까지 가서 통유리창에 코를 박고 안을 들여다보았
다. 왜 안 보이지? 하루 만에 그만둘 리가 없는데…….

키안이 답답해서 소리쳤다.

"제임스 형, 안 들어기고 뭐 해요?"

"들어갈 거야! 아, 저 새끼. 누가 보면 내가 앵벌인 줄 알겠네."

제임스가 편의점에 들어서자 새 알바생이 인사했다.

"어서 오세요."

승우 엄마는 없었다.

그런데 알바생과 눈이 마주친 제임스는 놀라서 말을 더듬었다.

"어, 아저씨! 회사원? 만날 복권 사는……."

알바생은 고개를 갸우뚱했다.

"저예요. 분식집 앞에서 노숙하는……."

"아, 그 아저씨?"

그제야 알바생이 제임스를 알아봤다. 제임스의 생각대로 알바생은 복권광 회사원이었다.

"근데 회사는 어떡하시고?"

"이제 누구 밑에서 일 안 합니다."

"누구 밑에서 일 안 한다? 그럼 알바는 아닐 테고, 편의점 사장님?"

"그런 셈이죠."

"정말요?"

"네, 인수했어요."

"진짜? 축하드립니다."

"별말씀을."

알바생, 아니 사장이 손사래를 쳤다.

"아침에 알바하는 여성분은?"

"갑자기 일이 생겼다고 전화가 와서, 그래서 제가 여기 있습니다."

"일이 생겨서……."

제임스는 고개를 끄덕였다.

"뭐 찾는 거 있으세요?"

"없어요. 저 같은 사람이 무슨 돈이 있다고. 그냥 기웃기웃하는 거죠."

돌아서서 나가려던 제임스가 돌연 계산대로 다시 와서 사장에게 얼굴을 들이댔다.

"사장님!"

"……."

"사장님, 로또 1등 당첨됐다는 소문이 돌던데요?"

제임스가 밑도 끝도 없이 넘겨짚었다.

"누가요? 제가요?"

"네. 신원이 공개된 로또 당첨자는 불행해진다는 말, 들어보셨죠? 조심 또 조심!"

"어디서 들으셨어요? 우리 가족도 모르는 일인데……."

사장이 입을 가리고 속삭였다.

"대박! 오, 대박!"

제임스도 입을 가리고 속삭였다. 그리고 자신의 직감이 적중했다는 뿌듯함에 제임스는 참 싱겁게 편의점을 나왔다.

키안은 빈손으로 나오는 제임스를 못마땅한 눈으로 쳐다봤다.

"형, 샌드위치 없어요?"

"없어."

"삼각김밥은요?"

"맡겨 놨냐? 다음부터 네가 얻어 와! 싸가지 없는 새끼. 그나저나 형의 미친 직감에 형이 깜짝깜짝 놀란다. 고물상 가서 야쿠르트나 먹자."

제임스와 키안은 고물상 사무실 소파에 털썩 앉았다. 언제부턴가 제임스는 사무실을 거리낌 없이 드나들었다. 할망구도 제임스가 들어오든 말든 신경 쓰지 않았다.

브랑카와 TV를 시청하던 할망구가 감탄하며 말했다.

"쪼그만 녀석이 대단허네!"

TV에선 포클레인을 장난감처럼 작동하는 초등학생의 모습이 방영되고 있었다. 그때 할망구가 TV 채널을 돌리더니 집게차 얘기를 꺼냈다.

"제임스, 브랑카한테 집게차 운전하는 거 배워라!"

"제가요?"

"내가 가르쳐줄게. 배워!"

브랑카가 제임스를 부추겼다.

"기술 하나만 있으면 먹고 사는 데 지장 없어."

할망구가 덧붙였다.

"지금도 지장 없어요. 그리고 저도 생각이 다 있습니다."

"그래서 할배들한테 엉뚱한 소리 하고 다니는 겨?"

"제가 무슨 엉뚱한 소리를 해요?"

"양아들 어쩌구 하는 걸 내가 모를 줄 알어? 내가 왜 널 양아들로 삼냐? 썩을 놈."

"제임스 형, 정말 그랬어요?"

브랑카가 끼어들었다.

"브랑카, 참견 마라. 으흠, 그거요? 근데 저 아니었으면 사장님……."

"맨홀에 빠졌을 거라고?"

"병원에 계시거나 뭐……."

"죽었을 거다, 그거냐? 저 자식이!"

할망구가 파리채를 집어 던졌다.

"하여튼 있는 것들한테는 법도 규칙도 소용없다니까."

제임스는 자기한테 날아온 파리채는 아랑곳하지 않고 TV 뉴스를 보며 화제를 돌렸다. 할망구도 덩달아 TV로 시선을 돌렸다.

오늘 새벽 서울 강남구 삼성동 소재 유흥주점에서 감염병 예방법 위반 혐의로 A부장검사 일행이 경찰에 입건됐습니다. 건설업자 B씨, 언론인 C씨, D모 판사까지 입건되었는데요. 법조인-언론인-건설업자로 구성된 부패 카르텔 의혹이 더 큰 문제로 부각되고 있습니다. A검사 일행이 방문한 유흥주점은 사회적 거리두기 4단계에 따라 집합제한 조치가 적용되는 유흥 시설로 영업이 금지된 상태였습니다.

"저거 봐라. 얼굴 가리는 거. 쪽팔린 건 알아 가지고……."
제임스가 궁시렁댔다.
"파리채 이리 줘! 그리고 야쿠르트 하나씩 갖고 썩 나가! 좁은데 사내놈들이 죽치고 앉아 있어서…… 더워 죽겠다."
할망구가 파리채로 제임스와 키안 등짝을 때리며 쫓아냈다.

서울강남경찰서 별관 4층은 취객과 노숙자, 유흥업소 종업원과 업주들의 아우성과 함께 아침을 맞았다. 벽시계의 시침은 9시를 가리켰다. 감염병 예방법을 위반한 검사 일행도 별관에 있었으나 그들은 일찍이 귀가 조치되어 보이지 않았다. 그곳에 승우 엄마가 있었다.

"왜, 검사 나부랭이들만 풀어 주는데? 조사 끝났으면 우리도 보내 줘야 할 거 아냐?"

승우 엄마와 함께 온 마담이 거칠게 항의했다.

"아, 귀 따가워. 근데 아까부터 왜 반말이십니까? 저쪽에 앉아서 좀 기다리세요."

순경이 말했다.

"아주머니, 저쪽 대기실에서 기다리라잖아요!"

상석에 앉은 경찰이 말을 보탰다.

"아주머니? 댁하고 나하고 나이 차이가 나긴 할까?"

"언니, 싸움닭이야? 그만 좀 해!"

승우 엄마가 마담을 뜯어말렸다.

"과장인가 보네요? 아니 팀장인가? 조용히 하겠습니다. 근데요, 여기 이 사람은 집에 보내주면 안 될까요?"

마담이 승우 엄마를 가리키자 팀장이 그녀를 쳐다봤다.

"원래 이런 일 하는 동생이 아닌데 나 때문에 그런 거거든요."

마담의 목소리가 부드러워졌다.

"김 순경, 저분 신원조회, 조서 끝났어?"

"네, 끝났습니다."

"이 아줌마는?"

"끝났습니다."

"다 보내 드려."

"네. 이쪽으로 오시겠어요?"

김 순경이 승우 엄마를 향해 말했다.

"필요하면 추가 출석 통지, 우편으로 갈 거고요. 그리고 이거⋯⋯."

김 순경이 승우 엄마에게 명함을 건넸다.

"이쁜 건 알아 가지고 어디서 작업이야?"

마담이 명함을 가로채서 김 순경 얼굴에다 던져 버렸다.

"아니, 이 아줌마가!"

"김 순경!"

팀장이 김 순경을 제지했다.

"동생, 국밥 먹고 갈래?"

마담이 승우 엄마에게 물었다.

"됐어."

경찰서에서 나온 승우 엄마는 가게 두 군데를 들렀다. 냉메밀소바와 치킨을 사기 위해서였다. 두 아들에게 '1인 1닭'하라고 치킨은 두 마리를 포장했다. 집에 가는 내내 승우 엄마의 마음은 아이들과 점심 먹을 생각뿐이었다. 승우 엄마가 집에 도착한 시각은 12시였다.

승우 엄마는 애써 웃으며 현관문을 열었다.

"승우, 승아! 엄마 왔다!"

거실이 휑했다. 아이들 방도 마찬가지였다. 승우 엄마는 아차 싶어서 스마트폰을 터치해 요일을 확인했다. 화요일!

도대체 뭣 때문에 오늘이 토요일이라고 철석같이 믿었는지 승우 엄마는 허탈했다. 오는 길에 아이들에게 전화나 문자도 하지 않은 자신이 한심하게 느껴졌다. 전화하지 않은 건 아이들에게 미안해서였지만 한심한 건 한심한 것이었다. 냉메밀소바와 치킨이 든 비닐봉지를 식탁에 올려놓고 승우 엄마는 식탁 앞에 앉았다. 승우 엄마는 눈물이 눈에 그렁그렁했다. 그녀는 금방 흐느껴 울기 시작했다.

오후 무렵 승우와 승아가 귀가했다. 표정이 밝지 않았다. 엄마만 보면 껌딱지처럼 스킨십하면서 안기던 승아는 방에 들어가서 나오지 않았다. 그래서 엄마가 승아 방으로 들어갔다.

"우리 승아, 엄마가 약속 안 지켜서 화난 거야?"

승아 앞에 무릎 꿇은 엄마가 승아의 두 손을 잡으며 말했다.

승아는 아니라며 고개를 가로저었다.

"엄마한테 화내도 돼."

"엄마, 다음 주에 여름방학이다."

"벌써? 그럼, 우리 언제 워터파크 갈까?"

"난 외갓집 가고 싶어."

승아의 대답에 엄마는 말문이 막혔다.

“야, 조승아! 형도 외갓집 가본 적 없거든! 너 빨리 화장실 가서 손이나 씻어!”

방문 앞에 서 있던 승우가 씩씩댔다.

“외할아버지, 외할머니네 가고 싶다고!”

승아가 소리쳤다.

“얼른 손이나 씻으라고!”

승우가 동생 팔을 잡아끌었다.

“엄마가 고아라는데?”

“야, 조승아!”

승우가 동생의 머리를 쥐어박았다.

“누가? 어떤 멍청이가 그딴 소릴 해?”

승우가 다그쳤다.

“멍청이가 아니라 선생님이 그러셨어. 내가 다 들었단 말야. 그리고 궁금하잖아. 나도 알고 싶다고!”

“그걸 네가 왜 알아야 하는데?”

승아는 울고 승우는 화를 냈다.

엄마는 승아를 안아주었다. 엄마는 학교 선생님이 그런 말을 할 리 없다면서 무슨 일이 있었는지 승아에게 물었고 승아는 그날 교무실에서 있었던 일을 이야기했다.

"이 선생님, 작년에 승우 담임이셨죠?"

승우 담임선생이 물었다.

"네. 왜요?"

"한부모 가정이라서 웬만하면 추가지원금 받게 하려는데, 궁금한 게 있어서요."

"승아 형 말씀하시는 거죠?"

김 선생이 끼어들었다.

"네, 선생님."

"제가 작년에 승아 담임이었잖아요. 엄마가 고아원 출신이에요. 승아 엄마, 상담하다가 얘기가 거기까지 간 적이 있어요. 형편이 좋진 않을 겁니다."

그때 승아와 승아 친구, 진희가 교무실 귀퉁이에서 일어났다.

"너, 너희들 거기서 뭐 하니? 언제부터 거기 있었어? 교무실에 막 들어오면 안 돼!"

김 선생의 당황한 말과 표정이 감춰지지 않았다.

"수행평가 과제를 다 못 해서, 담임선생님이 여기서 다 하고 집에 가라고 하셔서……."

진희가 대답했다.

"승아야!"

김 선생이 승아를 불렀다.

"네."

"이, 이니다."

승아와 진희가 교무실을 나오는 동안 선생들은 서로 손짓하며 소리 없이 입 모양만 주고받았다.

교무실을 나온 승아가 입을 열었다.

"진희야!"

"너네 엄마 얘기 절대 안 한다. 아무한테도. 그러니까 걱정하지 마. 선생님들이 자격 미달이야. 철이 없어. 솔직히 우리가 없어도 그런 얘기는 하면 안 되는 거 아니니? 칫!"

진희가 교무실을 향해 입을 삐죽거렸다.

"승아야, 고개 들어. 네 잘못 아니잖아! 한부모 가정인 것도, 엄마가…… 그러신 것도."

앞서 걸어가던 진희가 돌아서서 말했다.

"그리고……."

진희가 다시 돌아섰다.

"왜 또?"

"너네 엄마 잘못도 아니야. 알겠지?"

"응."

승아는 고개를 끄덕였다.

승아의 이야기를 듣는 동안 엄마는 눈물을 꾹 참아야 했다. 화가 나서인지, 슬퍼서인지, 미안해서인지 모를 감정이 목까지 치솟았다. 금방이라도 눈물이 두 눈에서 터질 것 같았다.

"진희라면, 우리 승아가 좋아한다는 여자아이?"

"응."

"엄마도 진희랑 생각이 같아. 외갓집이 없는 것도, 아빠 안 계신 것도 승아 잘못 아냐. 외할아버지랑 외할머니가 일찍 하늘나라 가셔서 엄마는, 슬프긴 하지만 창피하지는 않아. 우리가 잘못한 거 아니잖아. 그치?"

"응."

"엄마, 식탁에 있는 거 먹어도 돼?"

승우가 물었다.

"승아야, 우리 치킨 먹자!"

애써 웃는 엄마의 눈에 눈물이 맺혀 있었다.

6.

운수 좋은, 쓸쓸한 하루

김명식. 그의 이름을 아는 이가 과연 몇이나 될까. 사람들은 그를 김 노인이라 불렀다. 김 노인조차 그것이 익숙하고 편했다. 김 노인에 겐 두 아들이 있었다. 장남은 20년 전 급성 폐질환으로 세상을 떠났다. 당시 주변에선 가습기 살균제 피해를 의심했었다. 그러나 김 노인은 무력한 자신을 책망할 뿐이었다. 우울증을 앓던 둘째 아들도 7년 전 허무하게 세상을 등져, 김 노인에겐 딸 하나만 남았다. 오랜 세월이 흘렀지만, 김 노인과 그의 아내는 잠에서 깰 때마다 두 아들을 기다리는 혼몽과 함께한다. 김 노인과 그의 아내는 여전히 2남 1녀의 부모인 것이다.

김 노인이 자식 잃은 슬픔을 잊으려 폐지 줍기 시작한 것이 올해로 5년째다.

평범했던 그의 일상에 요즘 재미난 일이 하나 생겼다. 매일 아침 보게 되는 두 사람 때문이었다. 노숙하는 그들을 볼 때마다 김 노인은 미소를 지었는데 그들을 비웃는 건 아니었다. 그냥 웃음이 새어 나왔나. 그들의 특이한 이름이 떠오를 때마다 김 노인은 피식 웃음 짓는 것이었다. 제임스와 키안, 둘 다 말쑥하고 훤칠했다. 특히 젊은 노숙자는 TV에서나 볼법한 외국인 모델을 닮았다. 전직 모델이었다고 말하면 누구라도 믿을 것이다. 김 노인은 제임스와 키안을 함부로 대하지 않았고 그들에게 남다른 애정을 가진 듯했다.

그런데 점잖은 김 노인이 최근 화를 내는 일이 있었다. 팔순이 넘은 노인에게 화날 일이 뭐가 있겠냐마는 이른 아침 김 노인은 어린 사람에게 버럭 화를 내고 말았다.

"어이, 임 사장! 어린 사람이 그러면 안 되지! 늙은이들 밥줄 뺏겠다는 거여, 뭐 여?"

김 노인의 목소리가 작지 않았다.

"밥줄을 어떻게 하겠다뇨? 할아버지, 무슨 말씀을 그렇게 하세요?"

"손바닥만 한 카트에다 박스 모으는 늙은이들하고 임 사장이 비교되겠어? 트럭 몰고 다니면서 여기 상가 폐지 죄다 긁어 가겠다는 심산 아니냐고?"

"당황스럽네요. 할아버지, 저, 폐지는 취급 안 했어요. 저도 그건 어르신들 몫이라고 생각했고요. 근데 여기에 박스가 이렇게 쌓인 적이 있었나요? 없었잖아요? 그래서 지나가다……. 오늘이 처음이에요."

임 사장도 성을 냈다. 그녀의 떨리는 목소리에서는 서러움도 묻어났다.

"다 가져가세요!"

임 사장이 트럭 적재함에 올라가더니 골판지 박스를 미친 듯이 원래 있던 곳으로 던지기 시작했다.

"지금 뭐 하자는 거여?"

"할아버지, 됐어요? 됐냐고요? 그리고 이거 주인이 있나요? 이게 무슨 명의가 있는 거냐고요?"

끝내 박스를 다 내린 임 사장은 이내 차에 시동을 걸고 사라졌다.

"어린 사람이 궁하지도 않으면서, 네댓 명 하루 일거리를 혼자 차지하겠다니, 참."

김 노인은 박스를 차곡차곡 리어카에 쌓으면서 혼잣말했다.

아침에 임 사장과의 일 때문인지 집에 돌아온 김 노인은 마음이 편치 않았다. 그래서 그는 이른 오후에 다시 집을 나서게 되었다.

"나, 다녀올게요."

"벌써요? 해 떨어지면 가시지 않고……."

"일찍 들어오면 되지요. 다녀올게요."

아내의 만류에도 김 노인은 집을 나섰다.

김 노인이 또다시 언짢은 일을 겪은 건 그가 백수역 상가 건물을 지나칠 때였다. 건물과 건물 사이, 냉난방기 실외기가 즐비한 좁은 골목에 있던 고등학생들과 김 노인의 눈이 마주쳤고, 학생 중 한 명이 튀어나와서 김 노인에게 말을 던졌다.

"할아버지, 라이터 있어요?"

김 노인은 흠칫 놀라면서 자동 반사로 조끼 주머니에 손이 갔다.

주머니를 확인한 김 노인은 뒤돌아보지 않고 리어카를 밀었다.

"야, 저 할아버지 쫄았어. 할아버지, 이 박스 가져가셔야죠?"

한 학생이 바닥에 떨어진 골판지 박스를 발로 차며 키득거렸다.

김 노인은 등 뒤에서 들리는 학생들의 웃음소리를 애써 무시했다. 그러나 박스가 땅바닥에 미끄러지면서 일어나는 마찰음을 외면하지 못하고 헛기침을 한번 한 다음 돌아섰다. 그리고 박스를 향해 몇 발짝 내디뎠다. 그러자 한 학생이 박스를 백패스 하듯 뒤로 차버렸다.

"할아버지!"

때마침 저만치서 제임스가 김 노인을 불렀다.

"할아버지, 리어카 밀어드릴까요?"

제임스와 키안이 금방 김 노인에게 달려왔다.

"됐어."

김 노인은 시큰둥했다.

"어, 고삐리! 편의점에서 어깨빵한 노랑머리 새끼 아냐?"

제임스가 김 노인과 마주 보고 있는 노랑머리 학생에게 말했다.

"아, 씨발! 아저씨, 노랑머리 새끼라뇨?"

노랑머리가 말했다.

"내가 그랬니?"

"장난해요?"

"사과할게. 미안."

키안은 돌연 기세가 꺾인 제임스를 보고 황당한 표정을 지었다.

제임스가 돌아서서 속삭였다.

"한주먹 거리도 안 되는 멸치 새끼들……."

"형, 뭐라고요? 안 들려요."

"너한테 말한 거 아냐."

제임스가 입을 뻐끔거리면서 키안을 흘겨봤다.

"퉤! 재수 없어. 저런 아저씨를 뭐라 하는지 아냐? 나이만 처먹은 루저!"

학생들은 돌아서서 자기들끼리 코웃음 치며 빈정거렸다.

< 포브스 1호 >

"달링, 김 노인 표정이 어두워요."

"아침에도 임 사장하고 일이……."

"간섭하고 싶은데, 괜찮을까요?"

"당신한테 달렸죠?"

"달링, 그럼 매직 페널티 4호 가죠?"

"4호면 죽을 수도 있으니, 2호는 어떨까요?"

"3호!"

"네, 3호요."

"달링, 맘에 들어요."

"별말씀을 다 하십니다."

남편이 어깨를 으쓱하며 솔루션 버튼 '12'를 눌렀다.

갑자기 김 노인이 리어카를 내려놓고 고개를 바짝 세우더니 머뭇거림 없이 학생들이 있는 골목으로 처벅처벅 걸어갔다. 뭐에 홀린 듯했다.

"……할아버지?"

김 노인은 제임스의 말을 들은 체 만 체했다. 혼이 나간 듯한 김 노인을 제임스와 키안은 허수아비처럼 멍하니 쳐다볼 뿐이었다.

학생 하나가 가래침을 퉤 뱉으며 말했다.

"어쭈구리, 뭐 훈계라도 하시게요? 야, 용감한 노인네 납셨다!"

김 노인은 오른손 검지손가락으로 학생들의 아랫도리를 가리킨 다음 손가락을 아래로 까딱했다가 원을 그렸다. 그러자,

"으억."

외마디 비명과 함께 학생들의 바지가 발목까지 내려갔다. 그와 동시에 학생들은 서로 팔짱을 꼈다. 자신의 몸을 통제하지 못하는 건 김 노인이나 학생들이나 마찬가지였다. 학생들은 아무리 발광해도 팔짱이 풀리지 않았다. 서로에게 팔짱 풀라면서 지랄이었다.

"이거 놔! 씨발, 어떻게 좀 해 봐!"

학생들은 2인 3각 경기하듯 총총 골목 바깥으로 나오고 말았다.

그때 어두운 골목에선 보이지 않던 여자 팬티가 눈에 띄었다. 아까 김 노인한데 도발했던 노랑머리의 것이었다. 노랑머리가 입은 핑크색 팬티는 마치 야광처럼 빛이 났다.

학생들이 한마디씩 했다.

"너?"

"헐, 변태 새끼!"

"드러운 자식!"

"누나 꺼지? 너 취향이⋯⋯?"

"거시기가 작다."

"아 씨발, 뭐라는 거야. 튀어나왔잖아!"

노랑머리가 신경질을 냈다.

노랑머리를 향해 경멸의 말을 쏟아내느라 학생들은 주변의 시선과 자신들을 향하고 있는 스마트폰 카메라 렌즈들을 눈치채지 못했다. 뒤늦게 학생들은 다시 좁은 골목으로 피신해야 했다.

〈포브스 1호〉

"달링, 김 노인을 시키면 어떡합니까?"

"그럼 누구를⋯⋯?"

"당연히 키안을 시켰어야죠! 하나만 알고 둘은 몰라요?"

"하나는 뭐고 둘은 뭔지 애초에 설명했으면⋯⋯."

"달링, 불평은 개나 줘버리라고요!"

아내의 호통에 남편은 머리를 긁적이며 고개를 숙였다.

"할아버지, 뭘, 어떻게, 하셨기에? 쟤네들은 왜 변태 짓을?"

제임스의 입이 떡 벌어졌다.

"내가, 뭘? 리어카 밀어준다고 하지 않았어? 뭐 해? 어서 밀어!"

김 노인은 방금 일어난 상황을 전혀 인지하지 못하는 거 같았다. 김 노인은 태연히 리어카 손잡이를 들어 올렸다.

고등학생들과의 이벤트 후에도 김 노인의 리어카는 백수역 구석구석을 한참 동안 헤집고 다녔다. 밤 10시가 지나서야 집에 돌아온 김 노인은 거실에 들어서자마자 옷을 벗고 화장실로 향했다.

샤워를 끝낸 김 노인은 아내가 내어준 하얀 속옷과 허름한 반바지를 입었다. 수건으로 숱 없는 머리를 대충 말리면서 땀에 젖은 옷을 세탁기에 넣기 전에 그는 조끼 주머니에서 뭔가를 꺼냈다.

김 노인은 거실 바닥에 앉아서 달그락거리며 때늦은 저녁을 준비하는 아내의 뒷모습을 바라봤다.

"여보, 여기 좀 앉아봐요."

"다 됐어요. 저녁상 가져갈게요."

아내는 단출한 저녁상을 김 노인 앞에 놓았다.

"당신 저한테 하실 말 있어요?"

아내의 물음에 김 노인이 손에 움켜쥐고 있던 것을 바닥에 내려놓았다.

"주웠어. 새벽에. 상가 건물 계단에 지갑이 떨어져 있지 뭐야. 지갑은 그대로 두고……. 25만 원이더라고."

아내는 남편이 내려놓은 지폐를 물끄러미 쳐다봤다.

"파출소에 갖다줘야 할까 봐. 그거, 있으나 마나 한 건데 괜히 가져왔어."

김 노인이 말했다.

"있으나 마나 한 것이니, 있으면 어떻소? 씁시다. 당신이 안 가져왔으면 다른 사람이 가져갔을 거요."

김 노인은 아내의 말을 외면했다.

"당신 내일 하루 쉬어요. 점심때 횟집에 가서 이걸로 당신 좋아하는 회나 실컷 먹읍시다. 하나님도 참. 주실 거면 큰 복을 주실 일이지, 이게 뭐람?"

아내는 냉큼 돈을 챙겼다.

"회는 무슨?"

"그러지 말아요. 자식 잃고 당신, 여태까지 좋아하는 음식 한번 실컷 드셔본 적 있어요?"

"쓸데없는 얘기를……. 저녁엔 돈가스 먹읍시다. 당신 그거 좋아하잖소?"

"……."

"만날 TV로 남 먹는 거 보기만 하지 말고……."

김 노인은 그제야 숟가락을 들었다.

다음 날 새벽 김 노인은 평소보다 일찍 눈을 떴다. 옷을 주섬주섬 챙겨 입는 남편을 보고 아내가 물었다.

"나가시게요?"

"다녀올게."

김 노인은 웃으며 대답했다.

"하루만 쉬시라니까요? 거실에서 TV 보고 계세요. 달달한 커피 타서 드릴 테니."

아내는 거실로 나갔다.

"운동 삼아 한 바퀴 돌고 올게. 점심 실컷 먹으려면 일찍 움직이는 게 낫지. 안 그래?"

김 노인이 신발을 신으며 말했다.

"고집도 참. 조심해서 다녀오시구려."

노부부는 서로에게 웃음 지었다.

얼마 지나지 않아 김 노인의 빈 리어카는 골판지 박스로 반쯤 채워 졌고 하늘은 새벽빛으로 물들기 시작했다. 김 노인은 리어카를 세워

놓은 채 도로 경계석에 걸터앉아서 떠오르는 해를 바라보았다. 저절로 미소가 지어졌디. 그때,

끼이이이익 쿵! 김 노인의 리어카를 덮치고 지나간 덤프트럭이 저 앞에 연기를 뿜으며 멈춰 섰다.

대낮에 웬 꼬맹이가 할망구 고물상을 기웃기웃하고 있었다.

"야, 뭐 하냐?"

브랑카가 물었다. 꼬맹이는 다름 아닌 승아였다.

"아저씨, 한국말 잘하시네요?"

"너보단 못해. 근데 여긴 왜 왔어?"

브랑카가 고물상 사무실에 들어가며 물었다.

승아도 브랑카를 따라 사무실로 들어갔다.

승아가 가방에서 교과서와 참고서를 사무실 탁자 위에 꺼내 놓았다.

"아저씨, 이거 다 얼마예요?"

"2학년 과학, 국어…… 이거 너 학교에서 공부하는 거잖아?"

"얼마냐고요? 그거 다 배운 거란 말이에요."

"가져가!"

"버리느니 한 푼이라도 벌려고 가져왔단 말이에요. 그러니까 얼마냐고요?"

"떼쓰는 거냐?"

"그게 아니라, 얼마냐고요? 그거 다 배워서 안 본다니까요!"

"진짜?"

"왜 이렇게 사람 말을 못 믿어요? 외국인은 그래요?"

"그건 아니지, 아닌데……. 그러면, 이거 받아."

"이렇게나 많은데 천 원밖에 안 해요?"

"이거 백 원도 안 되는 건데 아저씨가 그냥 천 원 주는 거야."

천 원을 쥐고 사무실 밖으로 나오던 승아가 고물상 할망구와 마주쳤다.

"브랑카, 저 꼬맹이 왜 왔대?"

할망구가 물었다.

"크크, 이거 팔러 왔어요. 제가 그냥 천 원 줬어요."

브랑카가 탁자 위에 놓인 책을 만지작댔다.

"야, 이놈의 새끼야! 이리 오거라."

얼른 밖으로 나간 할망구가 승아를 불러세웠다.

"저요?"

"그래, 이놈 새끼야!"

승아를 사무실로 끌고 들어온 할망구는 승아의 가방에 책을 다시 집어넣었다.

"쯧쯧, 뭐 해? 가방 메고 썩 나가지 못해! 그깟 천 원 때문에 공부하는 책을……."

"할머니, 그깟 천 원이 무슨 말이에요? 우리 아빠가 적은 돈으로 알뜰하게 쓰라고 했단 말이에요."

"요 녀석이!"

"저는 지금부터 돈 이만큼 모아서 좋은 일 하려는 건데, 그깟 천 원이라고 하면 어떡해요?"

할망구는 순간 말문이 막혔다. 승아의 맹랑한 태도 때문이 아니었다. 할망구는 생각했다. 적은 돈으로 알뜰하게…… 돈 모아서 좋은 일…….

"돈 많이 모아서 좋은 일 한다, 는 것도 아빠가 해주신 말이니?"

"네."

"너 이름이 뭐니?"

"백수초등학교 2학년 조승아."

"조 씨야?"

"네."

"어디 조 씨?"

"네?"

"본관이 어디냐고?"

"그게 뭐예요?"

"됐다. 그럼 아빠 이름이 뭐니?"

"몰라요."

"이놈의 녀석, 아빠 이름도 모르냐?"

"아빠를 본 적이 없어요. 사진으로만 봤어요."

"그런 녀석이 우리 아빠가 뭐라 뭐라 했다는 건 뭐냐?"

"엄마가 그러셨다고요!"

"이놈 새끼, 목청 좀 봐! 네 엄마가 무슨 말을 했는지 이 할미가 어떻게 알아? 아무튼 부모 이름은 알아야 하는 거야. 다음에 물어보면 대답하거라. 교과서 팔러 오진 말고. 참, 천 원은 저 아저씨한테 돌려드리고! 가 봐!"

승아가 나간 뒤 할망구는 한동안 말이 없었다.

얼마 후 할망구가 문득 김 노인을 언급했다.

"브랑카, 김 노인이 요즘 안 보여. 무슨 일이 있는 건지……. 만날 오던 사람이 안 보이니까 걱정이 되네."

"아, 코로나 확진 받은 거 아닐까요?"

"그러게. 노인네들 코로나 감염되면 위험하다던데. 후유증도 있고……. 조심 좀 하지 않고……."

소파에 앉아 이런저런 생각을 하던 할망구는 어느새 잠이 들었다. 한낮에 기온이 높아서 할망구의 콧잔등에 송알송알 땀이 맺혔다. 여느 때처럼 고물상 사무실은 파리만 유유자적했다. 저녁이 되면 할망구도 정신이 들고 고물상도 복작댈 것이다.

무더위가 이어지던 어느 날, 한 할머니가 고물상 사무실 앞에서 기웃하고 있었다.

　"계세요?"

　꾸벅꾸벅 졸던 할망구가 화들짝 놀라서 깼다.

　"안녕하세요, 사장님."

　"네, 어서 오세요. 어, 안녕하세요, 아주머니!"

　할망구는 그제야 아주머니를 알아보았다. 김 노인의 아내였다.

　"할배는 어떡하시고 아주머니 혼자 나오셨어요?"

　할망구는 김 노인과 함께 리어카를 밀고 끄는 아주머니를 몇 번 본 적이 있었고 인사도 했었다.

　"그렇게 됐어요. 저기, 박스 좀 가져왔는데……."

　"아휴, 더운데 저녁때 하시지 않고서요? 들어오셔서 야쿠르트 하나 드세요. 어서 들어오세요."

　할망구는 냉장고에서 꺼낸 야쿠르트를 아주머니에게 건네며 물었다.

　"덥지요?"

　"네, 덥네요."

　"혼자 나오시지 말고요. 저녁때 할배하고 같이 하세요."

　"……열흘 됐네요."

　"뭐 가요?"

　"그 양반 혼자서 천국 갔어요."

아주머니는 담담했고 할망구는 숨이 턱 막혔다.

할망구의 놀란 모습을 눈치채고 아주머니는 열흘 전 일어난 사고를 이야기했다.

"덤프트럭 운전기사가 졸음 운전했대요. 세상살이가 허망하지 뭐예요. 살면서 몸도 마음도 이리저리 찢기고 그랬는데, 편히 세상 떠나지 못하고 온몸이 찢겨서 돌아가시니……. 그날 정말 하루만 쉬시라고, 나가지 말라고 했는데……. 그날 점심이라도 드셨더라면……. 혼자 집에 있는 게 힘들어요. 그래서 나왔어요."

폐짓값으로 김 노인의 아내에게 겨우 이천 원을 쥐여 준 할망구는 소파에 파묻히듯 앉아서 꼼짝도 하지 않았다.

고물상 사무실 밖으로 검붉은 땅거미가 내리기 시작했다. 거리를 헤매다 땅거미에 젖어 들어오는 노인들의 두런거리는 소음에 고물상 안이 부산해졌다. 웬일로 임 사장과 키안의 고철 수집에 따라갔던 제임스도 흥얼거리며 사무실에 들어왔다. 그러자 할망구가 난데없이 목청을 높였다.

"도롯가에 자빠져 자면서 사고 나는 것도 모르냐? 그것도 모르냐고? 무슨 소리가 나고 구급차, 경찰차 왔다 갔다 그러면, 좀 가서 알아봐야 할 거 아냐? 등신이냐? 어?"

마른하늘에 날벼락 맞은 듯 굳어버린 제임스는 대꾸할 도리가 없었다.

"임 사징, 너는 날마다 트럭 몰고 디니면서 동네에서 사고 난 것도 몰라?"

"갑자기……?"

트럭을 주차하고 들어오던 임 사장도 놀라서 자기도 모르게 몸을 움츠렸다.

한 노인이 사무실로 들어오자 할망구는 또 소리를 질러댔다.

"아니, 이 양반아! 만날 보는 김 노인이 안 보이면, 수소문해서 무슨 일인지 알아봐야 할 거 아니에요! 사람들이 그러는 거 아닙니다."

이번에도 할망구는 밑도 끝도 없이 성을 냈다. 그러고 돌아앉았다.

"사장님이 아시는 줄 알았죠."

노인의 목소리가 차분했다.

"그래, 굳이 그 얘길 꺼내지 않은 거죠. 얘기해서 뭐 합니까? 참."

노인이 할망구의 등에다 대고 말했다.

"페지 내려놨어요. 돈은 내일 주쇼. 오늘은 그냥 갈랍니다."

사무실을 떠나며 노인은 바지에 묻은 먼지를 모자로 툭툭 털어냈다.

임 사장과 제임스, 키안은 어리둥절했다. 할망구의 낯선 모습에 정적만 흘렀다.

조심스레 정적을 깬 건 임 사장이었다.

"김 씨 할아버지한테 일이 생겼으면 말을 하면 되지. 무작정 화를 내는 건 무슨 경우예요?"

"열흘 전에 하늘나라 갔댄다. 김 노인, 아니 김명식 할배, 연화장에 모셨댄다."

할망구의 목소리가 잦아들었다.

"덤프트럭이 치고 지나갔다는데 얼마나 아팠을고⋯⋯."

다시 정적이 흘렀다.

다음 날, 평소처럼 트럭 운전대를 잡고 공단으로 향하던 임 사장은 마음이 불편했다. 마침 김 노인이 사망한 지점을 지나쳤다. 그곳에 있던 커다란 가로수 세 그루가 사라지고 없었다. 차도에서 인도까지 길게 이어진 새까만 타이어 자국이 아직 또렷했다. 거대한 덤프트럭의 이미지가 천둥 같은 소리와 함께 쾅 하고 임 사장의 머리에 떠올랐다. 그 순간 헉하고 급하게 브레이크를 밟는 그녀의 미간이 찡그려졌다.

임 사장은 운전대를 연화장으로 돌렸다.

"공장장님, 점심때 가도 되죠? 갑자기 일이 생겨서요. 네, 부탁드릴게요. 감사합니다."

거래처 공장장과 통화하면서 임 사장은 꽃집에 들러야겠다는 생각을 했다.

연화장에 도착한 임 사장은 김 노인을 찾았다. 김, 명, 식⋯⋯.

열하루 전 세상을 떠난 김 노인은 217호실 맨 아랫줄에 있었다.

"할아버지……."

임 사장은 꽃다발을 김 노인 앞에 놓았다.

"할아버지, 그날…… 죄송했어요. 부디 편히 쉬세요."

임 사장이 고개를 숙였다.

"안녕……하세요."

어떤 아주머니가 임 사장에게 다가왔다.

"저희 아버지 뵈러 오셨나 봐요?"

"따님이세요?"

"네."

"저는 고물 수거하는데요. 고물상에서 할아버지를 알게 돼서……
종종 인사하고 그랬습니다. 저 이거……."

임 사장은 아주머니에게 습관적으로 명함을 건넸다. 어색해서이
기도 했는데 바로 후회했다.

그런데 김 노인의 딸, 그녀는 임 사장을 놓아주지 않았다.

임 사장과 야외 벤치에 나란히 앉은 그녀는 자판기 커피를 손에
들고 두서없이 말을 꺼내기 시작했다.

"제가 2남 1녀 외동딸이에요. 오빠 둘은 일찌감치 하늘나라 갔고
요."

임 사장은 회한에 젖은 그녀의 얼굴을 보며 고개만 끄덕였다.

"아가씨는 가족이 어떻게 되세요? 부모님이 아직 젊으시겠어요."

뜬금없는 말에 임 사장은 미소 지었고 김 노인의 딸은 무슨 말이든 해야겠다는 듯 말을 이었다.

"……아빠는 저랑 통화할 때마다 괜찮다, 신경 쓰지 말고 네 걱정이나 해라, 아빠는 괜찮으니 걱정하지 마라, ……그게 아빠가 하는 말 전부였어요. 괜찮다, 걱정하지 마라. 제가 안심하고 싶었던 거 같아요. 초면에 제가 별 얘길 다 하네요."

"아니에요. 괜찮습니다."

그녀는 더듬더듬 말을 이어갔다.

"……아빠는 저에게 보고 싶다, 말한 적이 없어요. 한 번도요. ……세상에는 외로워도 먼저 연락하기, 먼저 말 꺼내기가 두려운 사람들이 많대요. 그래서 점점 더 외로워지는 사람들……. 아빠도, 저도, 그랬던 거 같아요."

허공에 대고 주절주절 이야기를 이어가던 김 노인의 딸은 고개를 숙이고 어깨를 들썩이기 시작했다.

임 사장은 흐느껴 우는 그녀의 옆에 말없이 앉아 있었다.

7.

갑, 을의 역전

김치, 밑반찬, 삼계탕
넣어뒀다.
상식이 공부 좀 신경 쓰고.

"김치만 가져오라니까."

임 사장은 냉장고에 붙은 포스트잇을 떼며 혼잣말했다. 그러고는 스마트폰 통화 아이콘을 터치했다.

"이모! 더운데 왔다 갔네?"

"(별일 없지?)"

"응. 김치만 가져오라니까. 무겁잖아?"

"(그럼 네가 와서 가져가든가?)"

"이모!"

"(왜?)"

"고마워!"

"(끊어.)"

"잘 먹을게요, 이모."

침대에 걸터앉은 임 사장은 전화를 끊더니 뒤로 벌러덩 누워버렸다.

철컥, 띠리링. 현관문이 열렸다 닫혔다.

"왔어?"

임 사장이 드러누운 채로 말했다.

"어."

남동생 임상식이었다.

"이모가 삼계탕 가져왔는데, 먹을래?"

"바로 나갈 건데."

"편의점 알바?"

"알면 묻지 마세요."

"너네 편의점 삼각김밥, 샌드위치는 증발이라도 했냐? 빈손으로 오는 날이 없더니 요즘은 만날 빈손이냐? 혼자 처먹냐?"

"처먹냐가 뭐냐?"

"드셨어요?"

"생긴 거랑 입놀림이 하늘과 땅 차이니, 누나는 시집은커녕 남친 사귀는 것도 글렀어."

"저 새끼가!"

임 사장이 베개를 내던졌다.

"누나, 우리 동네에 노숙자 있는 거 알지?"

"두 명?"

"아는구나."

"가끔 일당 주고 노숙자 쓴다. 인건비 존나 저렴해. 만 원에서 사만 원, 그때그때 내 맘대로 준다."

"노숙자 한 명이 유통기한 지난 음식 귀신같이 얻으러 온단 말이야."

"변명도 가지가지다."

"이름 알지?"

"제임스, 키안."

"크크, 아마 백수초등학교 애들 전교생이 다 알 거야. 아무튼 제임스 아저씨 챙겨주고 있어. 삼각김밥, 샌드위치, 음료수. 살아계신다면 아빠도 노숙하실지 몰라. 아빠 생각하면서 챙겨준다."

"임상식! 장래 희망이 작가니? 아빠를 가지고 별 희한한 상상을 다 하네!"

임 사장은 아빠란 단어를 극도로 싫어했다. 아차 싶은 동생은 대꾸 없이 딴청을 부렸다.

"키안은 모델 같지 않니? 큰 키, 넓은 어깨, 얼굴 윤곽, 이목구비……."

임 사장이 키안 얘길 꺼냈다.

"설마 노숙자한테 호감 있어?"

"미친 새끼!"

"누나, 나 알바 간다. 낼 아침 퇴근!"

임 사장은 동생의 알바를 말리지 않았다. 임 사장이 다니던 직장을 때려치운 직후부터 동생은 알바에 중독돼 있다. 동생은 경제적으로 독립한 상태다. 그러나 그것이 임 사장에겐 걱정거리이기도 했다. 저 또라이!

뚜우우우. 동생을 '또라이'라 생각한 것을 후회하는 사이, 임 사장 스마트폰 진동이 울렸다. 아시아 알미늄 김 상무의 문자였다. 내일 아침 안산에 철거하는 공장이 있는데 철거업체가 도착하기 전에 고철, 비철 실어 가라는 문자였다.

다음날 임 사장은 새벽 다섯 시에 일어나서 분식집 앞에 들렀다. 키안의 도움이 필요했다. 키안은 도깨비처럼 잠도 안 자고 대리석 바닥에 걸터앉아서 하늘만 쳐다보고 있었다.

"키안!"

임 사장은 조수석 창문을 내리고 키안을 불렀다.

"지금 일하러 갈 수 있어요?"

"……."

"너무 이르긴 하죠?"

"갈게요."

임 사장은 키안을 데리고 안산으로 출발했다.

김 상무가 찍어준 공장 주소에 도착한 시각은 6시. 차에서 내린 임 사장은 공장 주변을 둘러보았다. 공장 주차장에 크기가 제각각인 알루미늄판이 지저분하게 널려 있었다. 임 사장은 우선 그것부터 싣기 시작했다. 잠시 후 키안에게 일을 맡긴 임 사장은 공장 뒤편으로 가 보았다. 그곳에 식당 집기류가 있었다. 임 사장은 그것도 가져가기로 했다.

마무리하는 데 대략 3시간 걸렸다. 끝으로 차에서 박카스 상자를 꺼낸 임 사장은 땅바닥에 떨어져 있는 볼트, 너트 등을 주워서 상자에 담았다. 키안도 임 사장을 따라 했다.

"임 사장님, 이런 것도 주워요?"

"이런 것이 아니라 '돈'입니다. 키안, 저기도 있네요."

그렇게 두 사람이 주워 모은 볼트, 너트가 두 주먹 분량이나 되었다. 임 사장은 박카스 상자를 트럭 적재함에 싣고 운전석 뒤에서 초코파이와 바나나 우유를 꺼냈다. 키안은 도로 연석에 앉아 있었다. 임 사장도 키안 옆에 앉았다.

"이걸로 아침 때우죠? 나름 꿀맛이에요."

임 사장이 초코파이와 바나나 우유를 건넸다.

임 사장은 모자를 뒤로 넘기고 얼굴 가리개는 턱밑에 걸친 다음 초코파이를 한입 베어 물었다.

키안은 임 사장을 슬쩍 쳐다봤다. 모자와 얼굴 가리개에 가려졌던 아름다운 얼굴이 아침 햇살에 환하게 빛났다.

"왜요? 뭐 묻었어요?"

임 사장이 손등으로 입을 닦으며 물었다.

키안은 고개를 휙 돌렸다.

그때 검은색 세단이 두 사람 앞을 지나쳐서 멈춰 섰다. 운전석에서 내린 남자가 머뭇거리면서 다가왔다.

"임민아? 민아야!"

조금 전 키안이 그랬던 것처럼 이번엔 임 사장이 남자와 눈이 마주치자 고개를 휙 돌렸다.

임 사장은 미간을 찡그렸다.

"민아야, 지나가다 너 보고 다시 돌아온 거야. 여전하구나. 멀리서도 눈에 확 띈다."

남자가 임 사장에게 다가오며 말했다.

"김 선배?"

임 사장은 그제야 일어나서 남자와 마주 섰다.

"그동안 어떻게 지냈어? 우리 작년, 아니 재작년에 보고 처음 보는 거 같은데?"

"세상 참 좁다. 여기서 김 선배를 다 보고."

임 사장이 억지웃음을 지었다.

"삼촌 공장이 여기 근처거든. 거기 볼 일이 좀 있어서……."

김 선배가 말했다.

임 사장은 김 선배 뒤에 서 있는 여성을 힐끗 쳐다봤고 김 선배는 임 사장의 눈길을 따라 뒤를 돌아봤다.

"아, 저기, 인사해! 임민아라고, 학부 때 친했던 후배야."

"안녕하세요. 처음 뵙겠습니다."

하얀 정장을 입은 여성이 인사했다.

"안녕하세요."

임 사장도 인사했다.

"오랜만에 만나서 말하기 그렇긴 한데, 다음 달에 우리 결혼해. 이쪽은……."

"정말? 김 선배, 축하해!"

"코로나 때문에, 결혼식 미루다가 다음 달에 하게 됐어. 너 전화번호 그대로니? 모바일 청첩장 보내 줄게."

"……."

"내가 가끔 연락했어야 했는데…… 민아야, 미안하다."

김 선배는 임 사장의 옷차림과 휑한 주차장에 달랑 주차된 포터 트럭을 스캔했다.

"미안하긴, 뭐가? 내가 하는 일이 좀 힘할진 몰라도 벌이가 괜찮아. 간섭하는 사람도 없고."

임 사장은 김 선배의 시선을 의식했다.

"고철, 비철 전문이야……."

입에 붙은 말을 내뱉던 임 사장의 목소리가 기어들어 갔다.

"……."

"김 선배, 나, 가야겠어. 거래처 약속이 있는데 늦겠다."

"민아야, 그럼 다음에 꼭 한번 보자."

"……."

말없이 돌아선 임 사장은 후회막심이었다. 일 끝내고 바로 떠났어야 했어.

김 선배는 하얀 정장을 입은 여자를 에스코트하며 돌아섰다. 검은색 세단은 뒤꽁무니만 보이며 멀어져 갔다.

임 사장은 먹다 만 초코파이를 내려다봤다. 갑자기 임 사장이 운전석에 올라타더니 운전대에 얼굴을 처박고 울기 시작했다. 엉엉, 우는 소리가 차 밖까지 들렸다. 그러다 돌연 고개를 들고 혼잣말했다.

"내가 엉엉 울 줄 알았냐? 돈 버는데 쪽팔린 게 어딨어?"

눈물을 훔치면서 임 사장은 다시 키안 옆으로 왔다. 그리고 땅바닥에 있던 바나나 우유를 벌컥벌컥 마셔 버렸다.

"키안, 차에 타요. 가야잖아요?"

임 사장의 행동이 의아한 키안은 어리둥절할 뿐이었다.

내내 말이 없던 임 사장이 고물상에 도착하기 직전에야 입술을 뗐다.

"키안, 저녁에 술 한잔 어때요?"

"제임스 형은요?"

"같이 먹자고요?"

"네."

"제가 노숙자 두 명하고 술자리 하는 건⋯⋯ 없던 걸로 하죠?"

"아, 아니에요. 고물상 앞에서 기다리면 되죠?"

저녁 일곱 시경 키안을 만난 임 사장은 백수역 방향으로 걸어갔다. 실내 포차가 눈에 띄었다. 임 사장은 바로 포차로 들어갔다. 상가를 거닐다가 우연히 아는 사람과 부딪치는 것도 싫었고, 키안과 함께 걷는 모습이 동네 사람에게 눈에 띌까 신경 쓰였기 때문이다.

"이모, 순대 2인분하고 소주 하나 맥주 하나 주세요."

임 사장이 주문했다.

외모만 놓고 보면 사람들은 굉장한 선남선녀가 데이트하는 줄 알 것이다. 임 사장은 그것이 그나마 위안이었다.

임 사장이 소맥 두 잔을 말았다.

"저는 소주하고 맥주 1대1로 섞어서 먹어요. 그런 거 모르시죠?"

"⋯⋯."

"짠, 하죠?

"⋯⋯."

"짠, 하는 것도 몰라요?"

어색하게 잔을 든 키안은 미동이 없었다.

임 사장은 깔끔하게 원샷 했고 연이어 두 잔을 더 마셨다.

"키안 씨, 저하고 의류 사업 해 보실래요?"

자다가 봉창 두드리는 소리. 키안은 딱 그 표정으로 임 사장을 쳐다봤다.

"온라인 의류 쇼핑몰. 그쪽하고 제가 모델 하면 좋을 거 같은데."

"……"

"키안, 그러지 말고 아무 말이라도 해 봐요? 궁금한 거 있으면 물어보든가."

임 사장은 취기가 도는 것 같았다.

"우주에서 사는 거 어떻게 생각하세요? 다른 행성, 지구 말고……. 가끔 지구 방문하면서요?"

이게 무슨 자다가 봉창 두드리는 소리. 임 사장은 헛웃음을 지었다.

"아마존 창업자 제프 베이조스, 일론 머스크, 그런 사람들 우주 관광산업 한다는 건 뉴스에서 봤어요. 머지않아 우주에서 살 수도 있겠죠. 근데 우리 생에는 아니에요"

"화성에서 태어났어요."

"경기 화성? 저는 서울이 고향인데. 아, 본명이 뭐예요? 궁금했는데."

"포브스 167."

"그건 인공위성 이름 같은데요? 본명, 본래 이름?"

"포브스 167이 제 본명이에요."

"크크, 외계인이에요?"

"지구인은 아니죠. 임 사장님한테 처음 밝히는 거예요."

임 사장은 술이 확 깼다. 키안의 진지한 태도 때문에 화가 치밀어 오르기도 했다.

임 사장은 참지 못하고 벌떡 일어나 버렸다.

"싫으면 애초에 거절했어야죠? 여기까지 와서…… 마음에 안 든다는 말을 참 신박하게도 하시네요."

"사실인데……."

키안이 말끝을 흐렸다.

"끝까지? 그런 태도가 사람을 더 열받게 하는 거라고요! 그리고 내가 어때서요? 당신이 오 천년을 살아도 나 같은 사람 만나기 힘들 거예요. 절대!"

임 사장은 자리를 박차고 나가버렸다.

＜포브스 1호＞

"여보, 러블리하고 아름다우십니다!"

하얀 정장을 입고 나타난 아내를 보고 남편이 감탄했다.

"달링, 키안하고 임 사장은 어떻게 돼 가고 있어요?"

"키안이 정체를 밝혔어요."

"임 사장을 좋아한다는 뜻인데……."

"그렇긴 한데……."

남편이 머리를 긁적였다.

"왜요?"

"상황 결렬. 저는요, 키안이 따귀 안 맞은 게 다행이라고 생각해요."

"달링, 결렬되기 전에 간섭했어야죠?"

"당신 없이 제가 어떻게 간섭을……."

"그 정도는 혼자 판단해야 하는 거 아니에요? 내가 일일이 이래라저래라 해야 합니까?"

다음 날도 임 사장은 출근 도장 찍듯 안산 공단으로 향했다. 키안의 노동력이 아쉽기는 하지만 임 사장은 당분간 혼자 일할 생각이다.

뚜우우우. 스마트폰 진동이 울렸다. 김 상무의 문자였다. 근래 들어 김 상무의 문자가 잦았다. 그는 주식 방송 채널에서 그날그날의 매수 추천 종목을 알려주듯 공단의 철거 사업장 정보를 미리 문자로 알려줬다. 저녁때는 이따금 수입이 쏠쏠한지 묻는 문자를 보내기도 했다. 어쨌든 고마운 사람이었다. 짧은 시간에 임 사장이 공단에서 자리를 잡게 된 데는 김 상무의 도움이 컸기 때문이다. 김 상무는 입버릇처럼 시간이 되면 사무실에 들르라는 말을 했는데, 이참에 임 사장은 감사 인사라도 할 겸 박카스 한 상자 들고 김 상무 사무실에 들르기로 했다.

아시아 알미늄 공장 주차장에 도착한 임 사장은 김 상무에게 전화했다.

"상무님, 공장 앞에 왔습니다."

"(우리 공장?)"

"네. 상무님 사무실에 들렀다 가려고요."

"(임 사장, 그럼 올라오시게.)"

"네."

주차장 바로 옆에 외부 계단이 있었다. 임 사장은 그 계단을 올랐다. 공장 2층에 있던 여직원 한 명이 임 사장을 김 상무의 사무실로 안내했다.

"상무님, 안녕하세요."

"어, 어서 와요."

임 사장을 본 김 상무가 환하게 웃었다.

"사무실이 꽤 넓네요."

"거기 앉아요."

"네."

임 사장은 웃으며 소파에 앉았다.

"여기서는 내가 대장이니까 언제든 들러서 편하게 커피 한 잔 들고 가요."

"상무님, 이거……."

임 사장이 박카스 한 상자를 탁자 위에 올려놓았다.

"임 사장은 됨됨이가……!"

김 상무가 임 사장 옆에 털썩 앉더니 임 사장의 무릎을 탁 쳤다.

"임 사장, 이런 옷을 레깅스라고 하죠?

"……네."

"갑갑하지 않아요?"

김 상무의 손바닥이 임 사장의 무릎 위에 얹혀 있었다. 남성 스킨 로션 냄새가 임 사장의 코끝에 강하게 풍겼다.

"오히려 편해요."

말과 달리 임 사장은 느낌이 이상했다. 그러나 '설마? 별일 있겠어?' 생각하고 말았다.

"요즘 코로나 때문에, 공장 철수하는 업체들이 많아요. 그 때문만은 아니지만 내가 업체에 다 연락해 뒀지. 공장 철수하게 되면 나한테 바로 전화하라고. 앞으로도 내가 임 사장한테 소스 좀 줘야 않겠어요?"

"……고맙습니다."

임 사장은 스킨로션 냄새가 더 강하게 느껴졌고 무릎이 불쾌했다.

어느 틈에 김 상무의 손바닥이 무릎 안쪽을 감싸며 위로 올라오고 있었다. 급기야는 허벅지 안쪽에서 압력이 느껴졌다. 임 사장은 몸을 비틀어 엉덩이를 옆으로 움직였다.

"임 사장, 아마 내 덕에 일 년에 천(만 원)은 벌지 않을까?"

심 상무는 임 사장의 옆모습을 응시했다.

"상무님! 이만 돌아가겠습니다."

임 사장이 로켓처럼 일어섰다.

임 사장은 마지막까지 예의를 갖췄다. 사무실 밖으로 나가면서 임 사장은 생각했다. 이만 돌아가겠습니다? 무슨 개떡다구 같은 소리를……. 더러운 손 걷어내고 엘보우를 날렸어야 했어. 박카스 상자에 머리통 깨지기 싫으면 손 치우라고 했어야. 니킥에 코뼈 주저앉기 싫으면 당장 무릎 꿇고 사과하라고 말했어야 했어. 개자식! 중늙은이 새끼!

임 사장이 황급히 계단을 내려올 때 임 사장을 쫓아 나오는 사람이 있었다.

"임민아 씨!"

아까 임 사장을 사무실로 안내했던 여직원이었다.

"제 이름을 어떻게?"

"언젠지 기억도 안 나네요. 임 사장님이 사무실에 와서 명함 돌린 적이 있어요."

"……."

"괜찮으세요?"

"뭐가요?"

"김 상무님 조심하세요."

여직원은 뭔가 눈치챈 것 같았다.

임 사장도 뭔가 눈치채고 몰래 스마트폰을 꺼낸 다음 직원에게 물었다.

"무슨 말씀이세요?"

"김 상무한테 저도 당했어요. 사무실로 불러서 은근슬쩍 추행하는데…… 똑 부러지게 항의해도 소용없었어요. 몇 달 지나서 또…….
아시죠? 저 이만."

여직원은 주변을 살피며 돌아섰다.

"저기요!"

임 사장이 여직원을 불렀다.

"녹음했는데, (우리) 대화요."

임 사장이 자기 스마트폰을 가리켰다.

"괜찮아요. 아, 저 이번 달이 마지막이에요. 그만둬요."

여직원은 해맑게 웃었다.

운전대를 부여잡은 임 사장은 자꾸 시야가 좁아지는 느낌이 들었다.
아무 일 없던 것처럼 사람들을 만나고, 인사하고, 고철을 수거하고, 감사하다고 말할 엄두가 나지 않았다. 임 사장은 운전대를 돌렸다.

소주 한 병, 맥주 한 병, 오징어땅콩 과자 한 봉지를 구매한 임 사장은 집에 들어서자마자 철퍼덕 방바닥에 앉았다. 임 사장은 머그잔에 소주와 맥주 반반 섞어서 원샷, 그리고 그녀의 시선이 조그만 좌식 화장대 위에 사진으로 옮겨갔다.

"엄마, 엄마 하늘나라에서 나 보고 있는 거지? 나 좀 도와주면 안 돼?"

또 한 잔을 마셨다. 엉덩이를 끌어서 화장대로 다가간 임 사장은 사진액자를 가슴에 안았다.

"엄마! 나한테 좋은 생각 좀 줘! 용기를 달라고!"

"누나, 뭐 하냐? 낮술 처먹냐? 엄마가 퍽도 좋아하시겠다."

임상식이 눈곱을 떼며 헝클어진 머리로 방에서 나왔다.

"또라이 새끼, 인간은 존엄한 가치가 있는 존재라고! 존중받아 마땅하단 말이야!"

임 사장이 포효하듯 소리 질렀다.

"뭐래?"

방문 앞에 서 있던 동생은 번개 같은 손으로 오징어땅콩을 갈취해서 자기 방으로 튀었다.

"야 임상식! 당장 가져와―!"

어떤 소리가 천둥 같다면 그건 지금 임 사장의 목청을 두고 하는 말일 것이다. 빌라가 통째로 흔들렸다.

"내가 먹으려고 그런 게 아니라 여기다 담아서 먹으라고."

금세 기가 죽어버린 동생은 접시에 오징어땅콩을 담아 왔다.

"임상식, 여기 앉아봐!"

"왜? 뭐, 뭔데?"

동생은 누나 앞에 앉았다.

"오늘도 알바했니?"

"응."

임 사장은 오늘 있었던 일을 동생에게 털어놓았다. 망설임이 없지 않았다. 그런데 펄쩍 뛸 줄 알았던 동생은 눈 하나 깜짝하지 않았다. 역시 비상식적인 또라이였다.

그러나 동생은 용케도 누나가 원하는 바를 알고 있었다. 그리고 동생은 한 가지 계획을 제안했다. 알쏭달쏭한 표정을 짓는 임 사장을 보고 동생이 다짐하듯 한마디 더했다.

"누나, 포인트는 누나가 을이 아닌 갑이 되는 거야."

"상식아, 의외다."

"뭐가?"

"그냥."

임상식이 씩 웃었다.

임 사장은 동생의 시나리오가 혹하기는 하나, 성공 가능성이 백 퍼센트라는 그의 말엔 동의하지 않았다. 임 사장은 시간이 필요하다고 생각했다. 그녀는 남은 술을 물리고 싱크대로 가서 달그락대며 설

거지했다.

그날 밤 임 사장은 잠을 이루지 못했다. 온갖 생각을 하다가 남은 술을 다 마시고 편의점에서 소주 한 병을 더 사 왔다. 그 술을 마시고 나서야 임 사장은 눈을 붙일 수 있었다.

아침에 일어났을 때, 임 사장은 문득 생각은 생각을 낳을 뿐이니 더 고민하지 말자, 라며 다짐했다. 생각은 천천히, 행동은 과단성 있게!

임 사장은 김 상무에게 바로 문자를 넣었다. 어제 일은 오해 없길 바라며, 감사 인사를 제대로 하지 못한 게 늘 마음에 걸렸었고, 부탁할 게 있어 오전에 김 상무가 사무실에 있으면 찾아가겠다는 내용이었다. 바로 답이 오지는 않았다.

일단 임 사장은 공단으로 출발했다. 운전 중에 문자 하나가 왔다. 김 상무였다. 깊이 생각하지 말고 자기를 삼촌처럼 편하게 여겼으면 좋겠다, 는 문자.

깊이, 삼촌처럼, 편하게? 임 사장은 몸서리쳤다.

공장 주차장에 도착한 임 사장은 어제와 똑같은 자리에 트럭을 주차했다. 임 사장은 어제처럼 레깅스를 입고 있었다.

외부 계단을 올라서 2층 문을 열었다. 김 상무를 조심하라던 여직원은 자리에 없었다.

김 상무의 사무실 앞에 선 임 사장이 노크했다.

"상무님, 저 임 사장이에요."

"네, 들어와요."

"안녕하세요."

임 사장은 웃으며 인사했다.

"임 사장! 사실 난 다른 건 모르겠고, 나한테 부탁할 게 있다고 해서……."

"……."

"우선 앉아요. 커피 내려줄 테니."

"저는, 믹스커피 아니면 안 마시는데."

"그래요? 믹스커피는 다 떨어진 것 같은데, 그럼……."

김 상무는 냉장고에서 박카스를 꺼냈다.

"어제 임 사장이 사 온 겁니다."

김 상무는 어제처럼 임 사장 옆에 털썩 앉았다.

"상무님……."

임 사장은 뜸을 들였다.

"편하게 생각하라니까. 임 사장, 내가 살아보니 고민한다고 일이 해결되는 게 아니더라고. 부탁할 게 뭐예요?"

"부탁이라기보다 고민이, 말씀드리기가 솔직히 그러네요."

"뭐, 임 사장처럼 젊은 여성 혼자 공장 다니면서…… 왜 안 힘들겠어요? 참."

김 상무는 임 사장의 무릎에 또 손을 올렸다. 임 사장은 입술을 꽉 깨물었다.

"상무님, 저를 어떻게 생각하실지 모르겠지만……."

"……."

"상무님이 제게 호감이 있으신 거 같아서 솔직히 말씀드릴게요. 제가 취향이, 취향이 남달라요."

임 사장은 김 상무의 표정을 힐끔 살폈다. 막장 드라마가 펼쳐진 건 이때부터였다.

"무슨……?"

김 상무가 물었다.

"성적 취향……."

임 사장은 얼굴을 무릎 사이에 파묻고 돌연 울음을 터트렸다. 김 상무의 당황한 표정이 역력했다.

"제가 올해 스물여덟인데, 상무님처럼 중후한 사람한테……. 고등학교 때부터…… 그랬어요. 저보다 훨씬 나이 많은 사람을 좋아했……."

임 사장은 또 울음을 터트렸다.

"뭐, 사람은 각양각색이니까. ……이해해요."

"제가 가진 건 없고, 상무님께 보답은 해야겠고, 앞으로 더 도움도 받고 싶고, 근데 상무님은……."

김 상무의 두 눈이 마구 흔들렸다.

"상무님 갑자기 몸이 뜨거워요."

임 사장의 미친 연기는 계속됐다.

"에어컨…… 20도, 16도, 더 낮출까?"

리모컨을 쥔 김 상무의 손이 부들부들 떨렸다.

"지금 한번 해야겠어요. 풀고 싶어요."

"뭘? 임 사장, 그건……."

김 상무는 급히 사무실 문을 잠갔다.

"상무님, 제 진짜 고민, 이해해주시고, 도와주실 거고, 비밀도 지켜
주실 거죠?"

"걱정하지 마. 나 과묵한 사람이야."

"감사해요. 그럼 말할게요."

"다 얘기한 거 아닌가? 아니었어?"

"여자는 정서적 자극에 반응하고 남자는 시각 자극에 반응한다
잖아요? 저는 남자가 아닌데, 아니잖아요?"

"아니지."

"근데, 남자처럼 시각적 자극에 반응하고, 그런 자극이 없으면 관
계를 할 수가 없어요. 상무님, 이해해주실 수 있겠어요?"

임 사장이 눈물을 훔쳤다.

"그럼, 내가 어떻게 하면 될까?"

"도와주시게요?"

"그렇게 해야 하지 않을까? 뭐든 말만 해!"

"진심이세요?"

"나로서는 어려운 게 아니니까."

"그럼, 상무님 저기 책상 앞에 엉덩이를 기대보실래요? 셔츠 단추는 풀어야 하고요. 바지는 발목까지 내렸으면 좋겠어요."

"바지를?"

"그것 봐요! 죄송해요."

"아냐. 할게. 한다고!"

"아, 넥타이는 풀지 마세요. 고개는 뒤로 젖혀주시고요. 고개를 완전히 뒤로, 앞을 보시면 안 돼요."

"이렇게? 이렇게? 됐어?"

그사이 임 사장의 무음 카메라 앱은 열 일을 했다. 개자식! 미친 중년 늙은이 새끼! 목소리도 떨고 몸도 바들바들 떤다.

"아— 좋아요. 상무님 그대로 계세요. 제가 가까이 갈게요."

"임 사장⋯⋯!"

"상무님, 폰 확인 부탁드려요. 방금 사진 보냈어요. 이제 바지는 입으셔도 돼요."

임 사장이 정색했다.

김 상무는 한껏 뒤로 젖혔던 고개를 세웠다. 바지를 추켜올린 후 스마트폰을 확인한 김 상무는 황당한 표정을 짓는 듯하더니 이내 상황 파악을 했는지 목소리를 낮게 깔았다.

"임 사장, 나를 뭘로 본 거야? 이따위 사진 몇 장으로……. 어이가 없네?"

임 사장은 녹음 파일을 틀었다

"김 상무한테 저도 당했어요. 사무실로 불러서 은근슬쩍 추행하는데…… 똑 부러지게 항의해도 소용없었어요. 몇 달 지나서 또……. 아시죠? 저 이만."

"그건……."

김 상무의 목소리가 떨렸다.

"맞아요, 여기 여직원. 복수의 피해자. 복수의 증인. 경찰이 알아서 할 테죠. 그리고 이거."

임 사장은 스마트폰을 들어 보였다.

"임 사장 제발! 이러지 말고, 이성적으로, 응? 뭐든 다 할게, 뭐든 한다고! 나 사실 여린 사람이야."

김 상무는 정말로 임 사장 발밑에 무릎을 꿇었다.

"여린 사람? 개자식! 상무님 폰 좀 줘 보세요."

"……."

"잠금 해제하고!"

"네, 여기."

"사랑하는 아내, 하트."

임 사장이 김 상무의 카톡 대화창을 열어보았다.

"임 사장 내가 뭐든 할 테니, 제발!"

"일단 고철, 비철 정보 앞으로도 쭉 주시고요. 아, 상무님이 직접 하지 말고 업체에서 저한테 연락하게 하세요. 이제, 내가 갑! 김 상무님은 을! 아시겠죠?"

"……."

"알겠냐고요?"

"알았어. 계속 정보 줄게."

"그거 말고요!"

"임 사장이 갑, 내가 을?"

임 사장이 고개를 끄덕였다.

"근데, 그 여직원분은 오늘 안 나오셨나 봐요?"

임 사장이 나가다 말고 돌아섰다.

"휴가. 이번 날이 마시막이라 말일까지 휴가 냈어."

금방이라도 울음이 터질 거 같은 김 상무의 목소리였다.

사무실을 나오면서 임 사장은 자기 팔뚝을 꼬집었다. 아야! 미쳤다! 이게 돼? 이게 된다고?

며칠 후 임 사장은 김 상무에게서 문자 하나를 받았다. 혹시 경찰에 신고했는지 몸이 달았던 모양이다. 여하튼 김 상무는 임 사장의 주 수입원의 주체로 위상을 공고히 하게 됐다. 영화 같은 일이었다.

일일 수입이 두툼한 며칠이 또 흘렀다. 키안의 노동력이 아쉬웠지만 임 사장은 키안에게 손을 내밀지 않았다. 그래서 어쩔 수 없이 동생과 일을 나갔다가 저녁 무렵 고물상에 들어왔는데…….

제임스가 고물상 사무실에서 나오고 있었다.

"알바생?"

제임스가 조수석에서 내리는 임상식을 보고 아는 체했다.

"아, 안녕하세요."

"상식아, 물건 안 내리고 뭐 하냐?"

임 사장이 끼어들었다.

제임스는 둘의 관계를 얼른 말해달라는 눈빛으로 임 사장과 알바생을 번갈아 쳐다봤다.

"동생이에요. 친동생."

임 사장이 말했다.

8.

멋있는 또라이

고3 수험생 임상식. 대학 진학은 일찌감치 포기했다. 성적이 모자라기도 했지만, 서울 소재 명문대학을 졸업하고도 고물 수집상이 된 누나를 보며 내린 결론이었다. 상식은 대학 진학을 위한 '노력'보다 대학 안 가고도 큰 꿈을 꿀 수 있는 '용기'가 더 가치 있다고 생각했다. 그런 동생을 누나는 '비상식적인 또라이'라며 이름을 빗대어 놀려댔다. 공부에 신경 쓰라는 말보다 누나의 입에서 더 자주 나오는 말이 '비상식적인 또라이'였다.

상식에게는 한 가지 과제와 한 가지 고민이 있었다. 전자는 계획대로 진척되었고 후자는 그냥 내버려 둘지 아니면 부딪칠지 고민이다. 담배 삥뜯는 머저리들! 같은 학교 같은 반 소속이지만, 그들은 친구도 동급생도 아니다.

상식이 알바시간을 야간으로 옮기면서 머저리들의 삥뜯는 횟수가 늘었다.

밤 11시 44분. 하나, 둘, 셋, 넷, 4인조 담배 강도! 지금 머저리들이 편의점에 있나. 새수 없는 4라는 숫자, 저 미지리들에게 적용되길 빌 뿐이다.

"영수증 드릴까요?"

상식이 손님에게 물었다.

"버려주세요."

"감사합니다. 안녕히 가세요."

상식의 입에 밴 인사와 더불어 손님이 밖으로 나가자 진열대 사이를 어슬렁대던 머저리들이 계산대로 다가왔다. 머리를 샛노랗게 염색한 노랑머리가 어김없이 이렇게 말했다.

"야, 같은 담배 줘!"

"얼마나?"

"보면 몰라? 네 갑."

그리고 계산하는 척, 지갑을 꺼내고 빈손을 내미는 노랑머리의 발 연기 시전.

"상식아, 웃어라!"

노랑머리가 CCTV를 가리키며 복화술 하듯 말했다.

그렇게 상식은 오늘도 당했다.

상식이 편의점 알바를 하는 한, 머저리들의 발 연기와 상식의 조연은 계속될 것이다. 내버려 둘 수는 없다. 그러면 부딪쳐야 하는데……고민이다. 경찰서에 신고해서 머저리들이 수개월 간 삥뜯은 담뱃값을 그들의 부모가 몽땅 지불하게 할 수 있을까? 솔직히 보복이 두렵다. 사장님께 사실을 얘기하고 의논해볼까? 이건, 사장님이 믿어주실지 의문이고 공범으로 몰릴까 걱정된다.

띠링띠링, 편의점 문 종소리가 울렸다. 제임스였다.

"학생, 아니 임상식!"

"안녕하세요."

"낮에는 누나링 일하고, 밤에 또 알바하고, 아주 돈독이 올랐구만! 안 피곤해?"

상식은, 제임스는 쳐다도 안 보고 샌드위치 두 개를 계산대 위에 올려놓았다.

"됐어. 오늘은 안 먹을래."

"아주 배가 불렀구만……."

"뭐? 내가 뭘 잘못 들은 건가?"

"들은 대로예요."

"머리에 피도 안 마른 새끼가 어디 어른한테 눈 하나 깜짝 안 하고……."

제임스가 손을 들었다 내리며 손찌검 시늉을 했다.

"폐기처분 음식 아니면 저한테 볼일 없으시잖아요?"

"있어."

"음료수 드려요?"

"근데 이 새끼가! 밖에서 다 봤다. 친구들한테 돈 뺏기고 나한테 화풀이하냐? 네 면상에 '저 고민 있는데 어떻게 할지 모르겠어요.' 대문짝만하게 쓰여 있구만."

"……."

"아저씨 말이 맞으면 눈 깔아!"

상식은 자기도 모르게 고개를 숙였다.

"얼마 뜯겼어?"

제임스의 목소리가 차분해졌다.

"얼만지는 몰라요."

"뺏은 놈은 몰라도 빼앗긴 놈은 알아야 하는 거 아니냐? 답답하다. 생긴 거만 보고 판단하면 안 되는구만."

"담배를 가져간 거라……."

"담배?"

"알고 말씀하신 거 아니에요?"

"난 돈인 줄……. 그게 그거지. 아무튼 아저씨가…… 키안 알지? 저 아저씨랑 내가 너에게 은혜를 베풀 작정이다."

제임스가 밖에 키안을 가리켰다.

"뭔 소리예요?"

"너 돕겠다고."

"아저씨가 왜요?"

"그동안 너한테 얻어먹은 거에 대한 보답이라 해두자."

"어떻게 하시게요?"

"궁금하긴 하구나?"

말은 내뱉었지만 제임스에게 특별한 묘수가 있던 건 아니었다. 원래 자기 성품대로 별생각 없이 툭 던진 말이었다. 근데 제임스는 상식에게 해결책을 제시해야 할 거 같은 알 수 없는 책임감이 느껴졌다. 그래서 생각해 낸 것이 기안을 앞세우는 것이었다.

"키안이 해결해줄 거야."

"될까요?"

"보면 몰라? 인상 좋은 떡대! 사실 저 아저씨 싸움꾼이야. 짜식이 외모만 험상궂었어도……. 단점이 그거다. 생긴 게 험상궂지 않다는 거."

제임스는 말하면서 슬그머니 샌드위치에 손을 댔다.

"안 먹는다면서요?"

"생각은 원래 바뀌는 거야. 내일 봐!"

상식은 제임스의 뒷모습을 보며 생각했다. 생각은 원래 바뀌는 거다? 노숙자, 거렁뱅이 아저씨 말에 내가 솔깃하다니? 담배, 샌드위치…… 온통 삥뜯는 머저리들 세상!

상식은 텅 빈 매장을 향해 긴 한숨을 내뿜으며 의자에 털썩 주저앉았다.

"상식이 일어났니?"

방에서 바스락거리는 비닐봉지 소리를 듣고 이모가 말했다.

"언제 오셨어요?"

잠이 덜 깬 상식의 목소리였다. 야간 알바하면서 상식은 낮과 밤이

바뀐 지 몇 주 되었다. 그는 오후에 간신히 일어나고 있었다.

"좀 됐다. 이모는 이제 가야겠다."

반찬을 쌌던 보자기와 가방을 챙긴 이모는 신발을 신고 있었다.

"벌써 가시게요?"

"오이소박이는 하루만 익혀서 먹고 불고기는 누나 오면 바로 같이 먹어. 갈게!"

"조심히 가세요, 이모."

상식은 식탁으로 어기적어기적 걸어가서 반찬 뚜껑을 열고 오이소박이 하나를 집어 들었다.

한편 문밖에서는 막 집을 나서는 이모를 보고 마침 임 사장이 저만치서 뛰어오고 있었다.

"이모, 제가 좀 늦었어요."

"아이고, 네 얼굴 보고 갈라고 여태까지 있다 가는 거다."

"죄송해요."

"얼굴 봤으면 됐다. 오이소박이 가져왔다. 날 더우니까 하룻밤만 밖에 뒀다가 냉장고에 넣고."

"네."

"근데 저기 말이다."

"네, 이모."

"상식이는 공부도 안 하고 학교도 안 가면 어떡하겠다는 거냐? 어린 것이, 자기 속은 어떨까 싶어서 아무 말 안 했다마는…….”

“학교는 가요. 원격인지 비대면 수업인지 요즘 애들은 매일 학교에 가진 않아요. 신경 쓰지 마세요.”

“알았다. 알아서 할 테지. 덥다. 어서 들어가.”

“이모!”

임 사장이 이모를 와락 안고 뺨에 뽀뽀했다.

“민아야, 덥다고!”

“이모, 다 고마워! 그리고 이모 건강도 좀 챙겨!”

“알았다. 어서 들어가.”

이모는 환하게 미소 지었다. 임 사장도 이모의 뒷모습을 바라보며 미소 지었다.

띠리링, 철컥. 현관문이 열리자 상식이 허겁지겁 반찬 뚜껑을 닫았다.

“야, 누나가 손으로 집어먹지 말랬지!”

“귀신이 따로 없다니까.”

상식이 김칫국물 묻은 손가락을 빨며 말했다.

“눈곱 묻은 손가락으로 반찬 헤집지 말라고 몇 번을 말했냐! 그러니까 네가 ‘비상식적인 또라이’라는 거다. 이 또라이 새끼야!”

임 사장이 신발을 벗자마자 식탁 앞으로 돌진했다.

“들켰으니까, 하나만 더 먹을게.”

"기다려!"

"내가 강아지야?"

상식이 멈칫했다.

"밥 떠 줄게. 밥이랑 해서 먹어."

"혹시 누나가 비닐봉지 서랍에 넣어 뒀어?"

"네 방에 담뱃갑 담아 둔 봉지 말하는 거니?"

"응, 그거."

"이모가 보시면 너 담배 피운다고 걱정하셔. 방바닥에 두지 말고. 근데 담배의 '담'자만 들어도 멀미하는 녀석이 도대체 그 많은 담뱃갑으로 만날 뭐 하는 거냐?"

"있어 봐. 내가 돈 벌어서 누나 카페 하나 차려줄게. 내 프로젝트 성공하면 누나 고물 주우러 다닐 필요 없다."

"밥이나 먹어!"

임 사장이 식탁에 수저와 밥 한 공기를 놓았다.

"불고기도 있네. 불고기 해줄까?"

임 사장은 냉장고 안을 훑어봤다.

"됐어. 오이소박이 세 개면 밥 한 공기 뚝딱이야. 왜 거기 앉는데? 저리 가라."

"누나가 동생 얼굴 본다. 왜?"

임 사장이 동생과 마주 앉았다.

임 사장은 동생이 기특했다. 담배, 술, 모바일 게임, 엄한 데 한눈 팔지 않아서 그렇고 누나한테 손 벌리지 않으려고 알바하는 것도 기특했다. 공부에 관심이 없다 뿐이지 나무랄 데가 없는 녀석이었다. 사실 임 사장은 동생을 '비상식적인 또라이'라고 부르는 게 미안했는데 어색할까 봐 일부러 계속 그렇게 불렀다.

"뭘 그렇게 쳐다봐? 비켜줄래? 체하겠다."

"누나한테 예의라곤 눈곱만큼도 없는 비상식적인 또라이! 그래, 일어난다."

일찍 저녁식사를 해결한 상식은 편의점으로 출근했다. 그는 밤 10시부터 편의점을 지켰다. 새벽 2시에 물류센터에서 배송 트럭이 오면, 트럭 기사가 내려주는 물건을 편의점 창고에 품목별로 넣어두는 일 말고는 특별히 힘든 건 없었다. 담배 삥뜯는 머저리들도 오늘은 얼씬거리지 않았다.

꾸벅꾸벅 졸다가 눈을 떴을 때 시각은 아침 6시 30분이었다. 이때부터 손님들이 하나둘 편의점을 찾았다. 7시가 넘으면서는 등교하는 학생들이 삼삼오오 떼를 지어 들어왔다. 파라솔 테이블에 앉아 있는 제임스와 키안이 상식의 눈에 들어온 것은 어수선했던 매장이 잠시 잠잠해졌을 때였다.

상식이 문밖으로 얼굴을 빼꼼히 내밀었다.

"아저씨, 안녕하세요?"

"웬일이냐? 밖에 나와서 아는 체를 다 하고. 끝났어?"

제임스가 퉁명스럽게 말했다.

"아뇨, 8시에 아줌마하고 교대해요."

"그래, 수고해."

제임스는 상식에게 들어가라고 손짓했다.

<바람과 태양의 내기> 제임스가 파라솔 테이블 앞에 앉아 생각하는 것이 46번째 이솝우화였다. 바람이 강할수록 나그네는 꼭꼭 외투를 여미지만, 태양은 나그네 스스로 외투를 벗게 한다. 설득! 바람과 태양의 교훈은 설득의 힘. 그건 상식을 도와줄 비책이기도 했다. 엄하게 해서는 요즘 아이들의 마음을 움직일 수 없다. 제임스는 담배 삥뜯는 학생들을 설득할 생각이다. 때마침 떠오른 굿 아이디어에 제임스는 입꼬리가 올라갔다. 그리고 또 때마침 저쪽에서 여인이 걸어오고 있었다.

승우 엄마가 내딛는 발걸음마다 제임스의 심장이 쿵쾅거렸다. 제임스는 승우 엄마와 인사하는 게 아직 어색했다. 어정쩡한 거리에서 제임스와 승우 엄마가 말없이 목인사를 교환했다.

승우 엄마와 교대하고 나온 상식이 제임스에게 다가와서 대뜸 물었다.

"아저씨, 혹시 오늘이에요?"

"뭐가?"

"어젠가 그젠가 도와주시겠다고……? 이 이저씨(키안), 싸움의 신이라면서……. 근데 어딜 보시는 거예요?"

"……."

제임스는 승우 엄마한테 정신이 팔렸다.

"아저씨!"

상식이 코앞에 있는 제임스에게 소리쳤다.

"아, 귀 따가워! 귀 안 먹었어! 짜식, 따라와. 오늘 이 아저씨가 임 사장 남동생 임상식을 구원해준다."

제임스가 의자를 뒤로 밀면서 성직자처럼 말했다.

상식은 떨떠름했다. 간단히 해결될 일도 아니고 겁박한다고 고분고분할 머저리들도 아닌데다, 동네방네가 다 아는 노숙자 둘이 해결할 수 있을까? 그럼에도 상식은 제임스를 따라갔다. 상식은 사람이 뭐에 홀린다는 게 이런 건가 싶었다.

상식이 제임스의 뒤꽁무니를 따라 도착한 곳은 백수역 상가 어느 건물 사이, 머저리들이 등교 전에 모닝 담배 피우는 곳이었다. 아니나 다를까 역시나. 노랑머리를 비롯한 네 명의 머저리들이 목 깊숙이서 끌어올린 가래침을 뱉으며 담배 연기를 빨고 있었다.

학생들은 골목 안쪽에, 제임스와 키안 그리고 상식은 골목 밖에 있었다.

"키안, 어깨 쫙 펴고 목에 힘 빡 주고 있어. 어디 가지 말고. 그럼 갔다 온다."

제임스는 엄호를 부탁하는 전우 같았다. 상식은 도무지 이 분위기가 적응되지 않았다. 학생들에게 다가가서 다정하게 얘기하는 제임스의 모습을 목격했을 때는 괜한 짓을 했다 싶었고, 쪼그려 앉아서 연기를 내뿜던 노랑머리가 피우던 담배를 땅바닥에 내던지며 껄렁하게 일어났을 때는 정말이지 망했다 싶었다. 그런데 반전이 있었다.

<포브스 1호>

"여보, 제임스 조종할까요?"

남편이 물었다.

"매직 페널티 3호 말인가요?"

"네."

"애들 바지 벗기고 사지 마비시키는, 고대 은하계 유물은 아닌 것 같은데……."

"그게 무슨 말인지……?"

"유치하다는 뜻이죠."

"크크, 폭력적인 것보다 낫지 않아요? 그리고 당신이 그때 3호를 지정하셔서."

"또, 또, 또?"

"죄송해요. 그치만 저도 대꾸 안 하려고 노력 중인 건 알아주세요."

"쉿!"

아내의 시선이 제임스의 오른손으로 향했다.

"달링, 내가 'Go'라고 말하기 전까진 버튼 누르지 마세요. 눌러도 반만 누르고요."

"네."

"Go!"

소득 없이 골목을 나오던 제임스가 돌연 머저리들을 향해 돌아섰다. 그리고 오른팔을 어깨와 수평으로 들어 올렸다. 제임스는 검지손가락으로 학생들의 아랫도리를 가리켰다. 이때 노랑머리가 반응했다. 갑자기 노랑머리의 얼굴빛이 겁에 질린 듯 새하얘진 것이다. 노랑머리 바로 옆에 있던 친구가 낌새가 이상해서 물었다.

"야, 왜? 왜 그래?"

"어, 그게…… 아냐, 아무것도."

노랑머리의 목소리가 흔들렸다. 학생들의 시선은 노랑머리처럼 제임스의 검지손가락을 향했다. 그제야 학생들은 누가 먼저랄 것 없이 얼마 전 어떤 할아버지한테 당한, 말도 안 되는 해괴한 사건을 상기해야 했다.

학생들이 한마디씩 했다.

"설마!"

"니들 겁먹었냐? 저 아저씨가 그 할아버지는 아니잖아?"

"아저씨, 이쪽으로 와보시죠?"

한 학생이 제임스를 도발했다.

"잠깐!"

노랑머리가 앞으로 나서며 제임스에게 말을 거는 친구를 제지했다.

"야, 왜 그래? 너답지 않게."

"나다운 게 뭔데?"

"아이, 진짜!"

"기억 안 나? 그때 우리 한참 동안, 여기서, 바지는 벗겨지고, 아무리 몸부림쳐도 얼음이었던 거?"

"야, 그건……."

"똑같은 일이 일어나면? 만에 하나 일어나면? 책임질 수 있어?"

"혁수(노랑머리) 말이 틀리지 않아. 그때 쪽팔려서 죽는 줄……. 학생부장 샘 귀에 들어가서 풍기 문란이라고 교내봉사 일주일까지. 더 쪽팔린 건, 그때 찍힌 사진을 내 여동생이 봤다는 거."

한 학생이 노랑머리의 아랫도리를 쳐다봤다.

"뭘 봐, 새끼야!"

노랑머리가 신경질적으로 반응했다.

"너, 핑크 팬티 입고 있는 건 아니지? 아니겠지?"

친구의 물음에 노랑머리는 결국 이렇게 말했다.

"야, 꿇어! 일단 꿇어!"

학생 네 명은 무릎을 꿇고 말았다.

제임스는 김 노인처럼 손가락을 아래로 까딱했다가 원을 그리지는 않았다.

정신을 차린 제임스는 들고 있던 팔을 내렸다. 그제야 무릎 꿇은 학생들의 모습이 그의 눈에 들어왔다. 영문을 알 수 없었지만 마음이 누그러진 제임스는 학생들에게 다시 다가갔다.

"담배는 피든 말든 너희들 자유다. 근데, 편의점에서 담배 갈취하진 말자. 상식이 괴롭히지도 말고!"

"네. 네."

"그리고 길바닥에 가래침 좀 뱉지 마라! 아주 드러워 죽겠다."

"네. 네."

"무릎까지 꿇을 필요는 없지 않냐? 그만 일어나. 내가 너희들 때문에 눈물이 다 나겠다."

제임스는 그렇게 말하고 골목을 벗어났다.

"아저씨, 어떻게 한 거예요?"

골목을 빠져나오자 상식이 제임스에게 찰싹 붙어서 그의 팔을 붙잡고 물었다.

"가만히 좀 있어! 나도 생각 좀 하자!"

제임스는 생각했다. 역시 설득의 힘이었어! 요즘 애들 아무리 버르장머리가 없다고 해도 본바탕은 착해! 전지전능하신 하나님 아버지, 부족한 저와 늘 함께하셔서 감사합니다. 그나저나 인상만 좋은 떡대는 아무짝에도 쓸모가 없구나. 바보, 키안.

<포브스 1호>

"지구인은 경험이 반복될 수 있다는 불안을 가지는 동물이에요."

아내가 말했다.

"지구인만 그런 건 아니에요."

"달링, 저항 선언? 뭐 그런 건가요?"

"생각 없이, 정말 아무 생각 없이 말이 튀어나왔어요."

제임스가 우여곡절 끝에 머저리들의 항복을 받아낸 후 상식의 야간 알바 일상이 평화로워졌다. 상식의 고민은 해결되었다. 이제 한 가지 과제만 남았다. 일확천금의 꿈을 실현하는 프로젝트. 아이디어 도출, 도면 그리기, 제안서 작성, 순차적으로 진행된 상식의 계획은 사실 마무리 단계였다. 어떤 루트를 통해 누구에게 제안할지도 상식은 이미 리스트를 작성해 두었다. 그럼 일확천금의 꿈은 아닌 거 같다. 성공한다면 손쉽게 얻은 것은 아니니까.

친환경 담배 케이스. 어릴 적부터 담배 연기만 맡아도 멀미했던 그래서 길바닥에 버려진 담배꽁초를 몹시도 경멸하는 상식의 프로젝트다. 한 갑에 정확히 담배 20개비가 들어가지만 상식이 만든 담뱃갑엔 16개비가 들어간다(가격은 그만큼 낮아진다). 그렇다고 담뱃갑의 사이즈가 작아진 건 아니다. 다만 담배 4개비가 차지했던 빈 공간이 생긴 것이다. 빈 공간의 용도는 담배꽁초를 넣기 위해서다. 담뱃갑 안을 세로로 분리한 칸막이는 담뱃갑 밑에 손톱만 한 길이의 손잡이를 당기면 가로로 움직인다. 담뱃갑 안의 분리된 공간에 더 많은 담배꽁초를 넣을 수 있는 것이다. 상식은 제품에 대한 설명만큼이나 담배꽁초를 함부로 버리지 말고 담뱃갑에 넣어 버리자는 캠페인 설명에 공을 들이기도 했다.

프로젝트가 마무리 단계에 이르기까지 상식은 참 많은 담뱃갑을 오리고 자르고 붙이는 일을 반복했다. 드디어 실물 모형을 완성해서 남은 건 미완성의 제안서를 다듬는 일이었다. 처음에 상식은 특허 출원을 생각했었지만 지금은 고려 사항이 아니다. 특허 출원과 등록에 필요한 비용을 들이고 싶지 않거니와 특허를 받는 데 1년 6개월에서 2년의 기간이 소요되기 때문이었다. 상식은 그 기간을 기다리고 싶지 않았다. 그는 KT&G 고객센터에 문의하려고 한다. 아니면 말고…… 그냥 들이댈 생각이다.

'접수하기' 클릭.

상식이 KT&G 웹사이트 고객 문의 방에 제안서를 접수한 것은 8월 10일 아침이었다. 상식은 그날부터 답변을 기다렸다. 박제되었던 이 메일을 수시로 확인한 것도 그날부터다.

'고객들의 소리에 귀 기울이겠습니다.'

'등록하신 이메일로 답변이 발송됩니다. 정확히 입력해주세요.'

KT&G 웹사이트 고객 문의 방 문구가 상식의 귓가를 맴돌면서 떠나지 않았다.

저녁 식탁 앞에 앉은 상식에게 임 사장이 소리쳤다.

"임상식!"

"아, 깜짝이야! 왜 코앞에서 소릴 질러?"

"반찬 다 치울까? 밥은 안 먹고 폰만 보냐? 폰에 빠져 죽겠다, 또 라이…… 관두자."

편의점에서도 상식은 수시로 이메일을 확인했다. 그러다 자괴감이 들기도 했다. 아이씨, 이게 뭐 하는 거야. 확인한다고 메일이 오는 것도 아닌데……. 한심하다, 임상식. 그러고는 또 메일을 열어봤다.

"임상식!"

며칠 발길이 뜸하던 제임스였다.

"상식아, 어른이 부르면 바로 대꾸해야 하는 거다. 몇 번을 불러도 넌 대답을 안 한다?"

"죄송합니다."

"누가 뭐 훔쳐 가도 모르겠다. 고민 있어? 고삐리들이 아직도 괴롭히냐?"

"아뇨."

"네 얼굴에 조, 바, 심. 쓰여 있는데? 뭐냐? 이 어른한테 털어놔 봐!"

"……."

고개를 돌리고 조금 머뭇거리는 듯하던 상식은 제임스에게 친환경 담뱃갑 이야기를 했다. 상식이 누군가에게 자신의 프로젝트를 구체적으로 설명한 것은 이번이 처음이었다. 제임스에 대한 상식의 신뢰가 급진전된 계기는 두말할 것 없이 제임스가 상식의 골칫거리를 해결해주면서부터일 것이다. 상식은 제임스에게 KT&G에 제안서를 보냈으며 답변을 기다리고 있다는 얘기까지 털어놨다.

"임상식! 다 마음에 들어. 어떻게 그런 생각을? 아저씨도 소싯적엔 아이디어 좋다는 얘기 많이 들었는데 말이야."

"괜찮아요?"

"괜찮고말고! 멋지다! 금연 교육이 중요하지만, 난 흡연 교육도 필요하다고 생각해. 담배꽁초 아무 데나 버리고 가래침 뱉고, 그게 다 환경 파괴, 정서 파괴가 아니고 뭐냐. 난 담배꽁초 버리고 가래침 뱉는 사람들, 똥 피하는 것처럼 피한다."

제임스의 말에 상식이 좋아서 죽을 듯 광대가 승천했다.

"내가 장담한다. 지금부터 12시간 안에 KT&G에서 임상식한테 연락 올 거다."

또다시 제임스는 자기 성품대로 생각 없이 말을 툭 던졌다.

오긴 개뿔! 12시간하고 두 시간이 더 지났다.

상식은 잠이 오지 않았다. 문득 오이소박이 생각이 나서 자리에서 일어났다. 대박 나면 야간 알바 짓도 누나 고물 수거도 끝? 허튼 희망으로 가득 찬 비상식적인 또라이라고 불려도 할 말 없음이다.

상식이 낯선 문자 하나를 받은 것은 그가 오이소박이 하나를 손가락으로 집어서 우걱우걱 씹을 때였다. 상식은 휴지로 고춧가루 묻은 손가락을 닦으며 문자를 확인했다. 놀란 상식은 입 안에 있던 오이소박이를 얼떨결에 식도로 밀어 넣고 말았다.

—[메일발송] KT&G 고객센터

상식은 노트북을 켜고 이메일을 열었다.

임상식님, 안녕하십니까.

KT&G 정수영입니다.

먼저 제안서 보내주신 것에 대해 감사드립니다.

제안서 검토는 완료되었으며, 미팅(화상) 일정이 잡혀서 이에 대해 안내

해드리고자 메일을 보내드립니다.

미팅은 코로나 상황으로 인해 부득이 화상으로 진행됩니다.

시간은 오는 8.16(화) 오후 4시이며, 플랫폼은 카카오톡(페이스톡)을 이용하고자 합니다.

시간상 그리고 부득이한 사유로 인해 카카오톡(페이스톡) 사용이 어려우신 경우 미리 말씀해주시기 바라며,

미팅 당일 10분 전에 저희가 먼저 사전 연락을 드릴 예정이니 참고하시기 바랍니다.

그럼 화요일에 인사드리겠습니다.

감사합니다.

"대박, 대박, 대박!"

상식은 아무도 없는 집에서 펄쩍 뛰며 환호했다. 자신의 제안이 최종적으로 어떤 결과에 이를지 모르지만, 문자와 메일이 오고 낼모레 미팅이 잡혔다는 사실만으로도 상식은 신기하고 환장할 만큼 기뻤다. 낼모레 오후 4시! 빨리 와라. 어서어서! 눈 감았다 뜨면 당장 낼모레 오후 4시가 되어라!

이틀이 지나 드디어 8월 16일이 되었다. 상식은 자기 방 책상 앞에 앉아 있었다. 그는 부스스하지 않았다. 젤을 발라서 머리를 깔끔하게 넘겼으며 하얀 셔츠를 입었다. 오후 4시가 임박했을 때 카톡 두 개가

연이어 왔다.

—임상식님, 안녕하십니까. KT&G 정수영입니다.

—시간 맞춰서 연결하겠습니다.

3시 59분, 카톡 하나가 또 왔다.

—연결하겠습니다.

"안녕하십니까. KT&G 정수영입니다."

"네, 안녕하십니까. 임상식입니다."

"고3 수험생이라고 하셨는데, 요즘 어떻게 지내십니까?"

"방학이라서요. ……알바하면서 지내고 있습니다."

"수능 준비하느라 바쁠 텐데 알바까지. 대단하십니다."

"……."

"오늘 화상 미팅은 30분 예정되어 있습니다만, 일찍 종료될 수도 있습니다. 참고 부탁드립니다."

"네, 알겠습니다."

"그리고 오늘 미팅에 대표이사님께서 참석하실 예정이었다는 말씀을 드립니다. 대표님의 추가 일정이 발생해서 대표님을 대신해 상무님이 참석하셨고 지금부터는 상무님과 미팅하시겠습니다."

"안녕하세요, 임상식 군! KT&G 상무 이경환입니다."

"네, 안녕하십니까. 임상식입니다."

"대표님뿐 아니라 제가 이렇게 제안자를 직접 만나는 것도 이례적인 일입니다. 그만큼 우리가 임상식 군의 아이디어와 캠페인 제안에 관심이 큽니다.”

이때 임 사장이 동생의 방문을 열고 들어오려 했다.

“더운데 방문 닫고 뭔 지랄이냐? 영상통화? 저 또라이!”

당황한 상식이 빨리 나가라고 손짓했다.

“누구시죠?”

이경환 상무가 물었다.

“누납니다.”

“아, 네. 임상식 군, 담배꽁초에 관심 가지게 된 계기가 궁금해요. 설명해주시겠어요?”

“네. 우선 담배꽁초 자연분해 기간이 10년 이상이고, 담배꽁초를 삼킨 어린 새가 죽었다는 뉴스도 본 적이 있습니다. 과학자들이 잘 연구하면 담배꽁초를 재활용할 수도 있겠다는 생각도 했습니다. 소주 공병 가격이 100원이거든요. 꽁초가 든 담뱃갑 가져오면 공병처럼 보상해주는 것도 고민했습니다. 무엇보다 우리나라 길거리에 버려지는 남배꽁초가 하루에 1300만 개라고 해서……. 일단은 버려진 꽁초가 눈살을 찌푸리게 하는 거 같습니다. 그래서…….”

상식은 목소리가 떨렸고 제대로 말하고 있는지 신경 쓰이기도 했다. 이경환 상무의 여러 질문에 최대한 잘 대답하려고 애쓰는 동안 20분이 흘렀다.

"우리가 임상식 군이 제안한 담뱃갑을 제조하려면 실무 회의를 거쳐 임원 회의에서 최종 결정이 나야 하고, 여러 조사와 검토 과정이 필요한데, 그것도 시간이 오래 걸리죠. 결정이 나더라도 제조 설비를 갖추기까지 시간이 또 필요하고요. 그래서 지금 확답을 드릴 수는 없다는 점 이해해주길 바라고요. 이거 하나 물어볼게요. 혹시 대학에 진학하면 무엇을 공부하고 싶으세요?"

"실은, 저는 대학에 안 가려고요. 대학 안 가고도 성공하는 사람이 되고 싶습니다."

"……우리 회사에 고졸 특채가 있어요. 특채 공고가 아마 매년 10월 말에 있을 거예요. 지원해서 동년배들하고 경쟁해보는 거 어때요?"

"고졸 특채, 홈페이지에서 본 거 같습니다. 근데 저는 성적이 좋지 않아서요."

"지원 부탁드려도 될까요?"

"……해보겠습니다."

"지원하실 때, 이번에 보내주신 제안서와 도면을 업그레이드해서 포트폴리오 형식으로 제출하는 건 어떨까요?"

"그렇게 하겠습니다."

"임상식 군, 또 만나 뵙길 진심으로 기대합니다."

"네, 감사합니다."

미팅이 끝났을 때 시간은 4시 30분이었다. 30분을 꽉 채운 미팅이었다. 상식은 이렇게 집중해서 누군가와 대화한 게 처음 같았다. 진이 빠졌다. 그리고 기침이 났다.

"상식아, 너 뭐 한 거야?"

임 사장이 방문을 열었다.

"KT&G 상무님이랑 화상 미팅. 목도 간질간질하고 기침도 난다. 피곤해."

상식은 그대로 방바닥에 누워버렸다.

동생의 화상 미팅을 엿들은 임 사장은 짐짓 태연했지만, 동생이 기특하고 대단하다는 생각에 가슴이 조금 울컥했다. 짜식, 어쩌면 넌 비상식적인 또라이가 아니라 멋있는 또라이였어!

9.

작전 재개

백수구칭 미래기획단장 박재원이 청장실로 들어갔다. 양승철 과장이 그를 뒤따랐다. 청장실에서는 이무일 구청장이 한 손님과 차를 마시고 있었다. 박 단장이 청장실에 들어서자 호탕하게 웃던 손님은 웃음을 멈췄다.

　박 단장이 이 청장에게 인사했다.

　"박 단장입니다. 부르셨습니까?"

　"어서 와. 이쪽에 앉으시게."

　박 단장과 양 과장은 이 청장의 왼쪽 소파에 앉았다. 그 맞은편엔 손님이 있었다.

　"박 단장, 인사하시게. 이쪽은 미래건설 오인재 대표님. 지난번 선거 때 조직위원장을 맡기도 하셨지."

　"안녕하십니까, 미래건설 오인재 대표라고 합니다."

　"미래기획단장 박재원입니다."

　"자네도 인사하시게!"

　이 청장이 양 과장에게 말했다.

　"안녕하십니까, 도시디자인과장 양승철입니다."

　인사가 끝나자 이 청장이 박 단장을 바라봤다.

　"박 단장, 내가 청장 직속으로 미래기획단을 꾸리고 두 개의 과를 신설한 이유는 알고 있지?"

"물론입니다."

"근데, 사업마다 하나같이 진척이 더디고 어째 결과물이 안 보여. 백수역 이천 평에 대한 디자인은 내가 취임했을 때나 지금이나 달라진 게 없고 말이야."

"그, 고물상 말씀이십니까?"

"그래, 할망구 고물상. 주차장하고 공유지 포함해서 거기가 축구장 하나 크기잖나. 사이즈가 어중간하지만, 위치가 중요한 거 아니겠어? 오 대표님, 안 그렇습니까?"

오 대표가 대답 대신 서류를 내밀었고 이 청장은 서류를 한 장 한 장 넘겼다.

"조감도, 기본 계획, 타당성 조사, 추진계획. 대체로 공무원들이 열심이지만, 철밥통 소리 들을 만해. 우리가 해야 할 일을 오 대표님이……."

"백수역 센트럴 프로젝트입니다. 거기가 개발되면 이천 평이 아니라 이만 평, 아니 그 이상의 개발 효과가 기대됩니다. 수치로 계산할 수 없는 홍보 효과는 더 클 겁니다. 고물상 옆 주차장 일부는 대형 전기차 충전소로 바꾸면 좋을 거 같고요."

오 대표가 브리핑했다.

"스쿨존 안에 충전소? 문제없나요?"

"현행법상 주차장은 규제 대상이지만 주유소나 충전소는 예외입니다. 진보 텃밭에서 보수가 연임한다는 게 쉬운 일은 아니잖습니까? 청장 연임하시고 여의도에 터 잡는 데 이 프로젝트가 작게나마 도움이 됐으면 합니다."

"오 대표님, 너무 앞서가진 마세요. 크흠, 박 단장!"

"네, 청장님."

"난, 박 단장이 기회를 놓치지 않는 사람이었으면 좋겠어. 2주 어때?"

"2주……."

"2주 내로 뭐라도 가져와 봐! 오 대표님하고 소통하고."

"더워 죽겠는데 만날 찾아와서……. 왜, 나를 요양원에 보내지? 내가 네놈들 허튼수작을 모를 거 같으냐? 스쿨존 규제법 어쩌고저쩌고 네놈들이 난리를 쳐서 주차장은 폐업했다만 여기 고물상은 어림도 없어!"

할망구가 두 사람을 사무실 밖으로 쫓아내며 소리쳤다. 할망구 고물상을 찾아온 이들은 백수구청 박 단장과 양 과장이었다.

"사장님, 적어도 얘기를 끝까지 들어보시고 화를 내셔야죠? 이야기를 제대로 들어보신 적이 여태껏 한 번도 없으셨잖아요? 진정하시고, 들어보세요. 제가 최대한 간단하게 설명 드릴 테니. 자, 보세요."

박 단장이 자세를 낮췄다.

"시끄러워!"

할망구는 사무실 문을 꽝 닫아버렸다.

"요구르트 가지고 나올걸! 받자마자 마셨어야 했는데. 오늘도 대접을 못 받네요!"

양 과장이 투덜댔다.

"양 과장!"

"네?"

"요구르트 좋아해?"

"새콤달콤하잖아요. 양이 적어서 더 땡기기도 하고요. 헤헤."

"자넨 우리가 할머니한테 차이는 이유가 뭐라고 생각해?"

"그야, 할머니 고집 때문 아닌가요?"

"반은 맞아."

"나머지 반은 뭔데요?"

"거지 근성."

"설마, 저요? 저한테 하시는 말씀이십니까?"

"……"

박 단장과 양 과장은 고물상으로 들어오는 제임스와 키안을 보고 말을 멈췄다. 제임스는 공무원신분증 목걸이를 걸고 있는 두 사람을 흘끗 보고 지나쳤다.

제임스가 사무실 문을 열었다.

"사장님, 한여름에 왜 문을 닫고 계세요?"

"머리가 지끈지끈하다."

"혹시 밖에 공무원들 때문이에요?"

"제임스, 나 물 한 잔만 따라 다오."

"여기요. 사장님, 혈색이 안 좋으신데요?"

제임스가 할망구에게 물 한 잔을 건넸다.

"좋을 리 없지."

"코로나 감염……! 혹시 모르니까 사장님 코로나 검사 받아보세요."

키안이 무심하게 끼어들었다.

코로나! 제임스는 하마터면 유레카를 외칠 뻔했다. 그는 잠시 접어두었던 작전을 재개할 아이디어가 떠오른 것이다.

"너도 머리 아프냐?"

할망구가 힘없이 제임스에게 물었다.

"아뇨, 아닙니다."

"갑자기 성신 나간 사람마냥…… 뭔 생각을 골똘히 해?"

"사장님, 저희 갈게요."

"왔다가 그냥 가? 더운데 싸돌아다니지 말어!"

키안보다 한 걸음 앞서서 걷던 제임스가 걸음을 멈추고 돌아섰다.

"이게 말이야, 고민한다고 답이 나오는 게 아니더라고. 일단 행동해야 일이 터지고 죽이 될지 밥이 될지 알 수 있는 거거든."

"……?"

"키안! 너 코로나 감염되자!"

"저는 그런 거 걸리지 않아요."

제임스의 황당한 말에도 키안은 전혀 당황하지 않았다. 당황한 건 제임스였다.

"나도 나지만 넌 대체 불가 괴짜다. 놀랍다, 너의 반응이."

"질병은 지구인이 걸리는 거지, 저는 아녜요."

"너 진짜? 근데 키안!"

"네."

"너 혹시 나를 우습게 보는 건 아니지?"

"우스워도 웃지 않아요."

"어지럽다."

"어디 가세요?"

"그냥 따라와, 새끼야!"

제임스가 향한 곳은 동사무소. 제임스는 코로나 확진자 정보를 얻을 작정이다. 단 한 명의 확진자 정보를 캐낼 수만 있다면 그래서 그 사람과 접촉에 성공하면 코로나 감염 100퍼센트! 제임스는 장밋빛 기대를 품고 동사무소를 찾은 것이다.

그렇게 싸돌아다니는 제임스였지만 동사무소 입성은 오늘이 처음이었다.

　"열 체크해 주세요."

　안내 데스크 담당 직원이 말했다.

　정상 체온을 확인한 제임스는 문의할 부서를 물색하며 여기저기 기웃거렸다. 천장에 매달린 한 팻말이 눈에 띄었다. 보건복지.

　"실례합니다."

　"네, 어서 오세요."

　"혹시 코로나 확진자 정보 알 수 있을까요?"

　"네?"

　"코로나 확진자 정보요? 백수역 근처에 사는 사람으로 한 명만 알려주실 수 없을까요?"

　"그건 알려줄 수 없죠. 개인정보라서. 어떻게 그걸 당연한 것처럼 물어보세요? 정말 그게 궁금해서 오신 건 아니시죠?"

　직원이 황당해했다.

　"궁금해서 온 건데……. 알아야지 피해 다니죠?"

　"확진자와 동선이 겹치면 해당 주민에게 문자 알림이 발송됩니다."

　"폰이 없어서요."

　"폰이 없다뇨?"

"······."

칼같이 돌아선 제임스는 걸음이 빨라졌다. 등 뒤에서 소곤대는 직원들의 작은 목소리가 제임스의 귀엔 크게 들렸다.

"제임스 형, 같이 가요."

잘생긴 허우대로 이목을 끄는 키안 때문에 제임스는 더 창피했다.

"네가 빨리 오면 될 거 아냐!"

"화났어요?"

"키안!"

"네."

"백수구 주민 중에 폰 없는 사람이 두 명 있는데 그게 누군지 아냐?"

"모르겠는데요."

"너하고 나다, 새끼야."

제임스가 쉬지 않고 향한 곳은 백수역 광장. 광장에는 하얀색 천막이 네 동 있었다. 사람들은 줄지어 굴로 들어가는 개미처럼 하얀 천막으로 들어가고 있었다. 그곳은 코로나19 임시 선별검사소였다. 늘 사람들로 붐비지만 께름칙해서 사람들이 기피하는 곳이기도 했다.

선별검사소 앞에 줄지어 선 사람들의 길이가 오, 육십 미터 되어 보였다. 이들을 모두 코로나 밀접접촉자, 유증상자라 해도 틀린 말은 아닐 터. 제임스는 동사무소에서의 수모는 이미 잊었다. 그는 또 다른 징밋빛 기대에 부푼 것이다. 키안만 감염되면, 할망구에게 전파, 코로나19 노인 사망률 40퍼센트! 자고로 포기하지 않는 사람에겐 길이 보이는 법. 일확천금이 이 손아귀에 들어올 날이 머지않았구나.

일회용 플라스틱 커피 컵! 제임스의 눈에 그것이 들어온 것은 장밋빛 기대감이 절정에 이르는 순간이었다. 길게 늘어선 사람들의 손엔 퐁당퐁당 플라스틱 컵이 들려 있었다. 주변 벤치와 무엇을 올려놓을 만한 곳에도 여지없이 투명 컵이 널려 있었다.

제임스는 바닥에 뒹구는 비닐봉지 두 개를 주웠다.

"키안, 이거 받아."

"……"

"봉지에다, 저거 보이지? 플라스틱 컵. 그거 가득 담아!"

"네."

"난 저쪽으로 가서 담을 테니까, 넌 저기 있는 거. 빨대 버리지 말고 그것도 다 담아!"

두 사람은 금방 봉지에 컵을 가득 모았다. 제임스는 비닐봉지 하나를 더 주워서 그것도 컵으로 채웠다. 컵을 겹쳐 넣기 위해 남은 커피를 모았더니 아메리카노 두 잔이 되었다. 그걸 보고 제임스는 또 생각이 떠올랐다.

"키안, 네가 무슨 죄냐."

"무슨 말씀이에요?"

"너, 코로나 감염될 필요 없다. 이거면 충분해."

제임스가 불량 아메리카노를 흐뭇한 시선으로 내려 보며 말했다.

"최소 열 사람 타액이 섞였을 거다. 이걸로 작업 들어가자."

제임스는 스무 개가 넘는 빨대를 한 손아귀에 쥐고 그걸 커피에 통째로 담갔다가 뺐다.

"이렇게 하면 수십 명의 타액! 마시면 즉감염! 그리고 즉사!"

제임스의 미소가 야릇했다.

"그걸로 뭐 하시게요?"

"짐작이 안 돼?"

제임스가 키안을 한심하게 쳐다봤다.

"모르겠어요."

"전혀?"

"네, 모르겠어요."

"알게 될 거다. 나 화장실 갔다 올게. 손 씻어야겠다."

"같이 가요."

"넌 안 씻어도 돼, 인마! 코로나 안 걸린다며?"

제임스가 엉거주춤 고물상 사무실에 들어섰다.

"왔냐?"

할망구는 제임스를 쳐다도 안 보고 말했고 브랑카도 손만 흔들었다. TV를 보던 할망구와 브랑카는 금방이라도 웃음이 터질 듯 입을 헤벌쭉 벌리고 있었다.

제임스가 불량 아메리카노 두 잔을 테이블에 슬그머니 올려놓자 할망구가 말했다.

"그거 마셔도 되는 거냐?"

"네."

"하나만 일루 줘 봐!"

제임스가 아메리카노 한 잔을 할망구에게 가져다줬다.

"얼음이 다 녹았네. 냉장고에 얼음 있다. 얼음 좀 넣어다오."

할망구는 커피를 다시 제임스에게 건넸다.

커피를 받아 든 제임스가 돌아서자마자,

"야! 네가 그걸 왜 마셔?"

브랑카에게 소릴 질렀고 빛의 속도로 브랑카가 손에 든 커피를 낚아챘다.

"뭐예요?"

브랑카가 두 눈을 부릅떴다.

"뭐냐고요? 저는 마시면 안 되는 거예요? 제가 하나 사드리면 되잖아요? 저도 커피 좋아해요. 커피 마실 줄 안다고요."

브랑카는 자리를 박차고 일어나서 밖으로 나가려 했다.

"제임스 형, 그러시면 안 돼요. 그냥 '먹지 마!', 하면 되잖아요? 저는 도둑놈 아닙니다. 마시던 걸 그렇게, 확 뺐으면 제 기분이 어떻겠습니까?"

브랑카는 밖으로 나가기 직전 한 번 더 쏘아붙였다.

"야, 쟤 진짜 기분 상했나 보다. 아주 그냥 씩씩댄다."

할망구의 눈이 똥그래졌다.

제임스가 우두커니 서 있자 할망구가 이어서 말했다.

"그깟 커피, 마시게 좀 놔두지 않고. 쯧쯧."

"사장님도 마시지 마세요! 키안, 가자!"

제임스가 신경질을 내며 가져온 커피를 챙겨 밖으로 나갔다. 할망구는 어이가 없어서 제임스의 등에 대고 버럭 화를 냈다.

"저런 염병할 자식! 자다가 봉창 두드리는 것도 아니고 지 혼자 북 치고 장구 치고 지랄이야!"

제임스가 향한 곳은 폐쇄된 주차장. 주차부스 안에 브랑카가 있었다.

"공중 전화박스보다 조금 크네. 덥지 않냐?"

제임스가 창밖에서 말했다.

"더워요. 그래서 사무실에 있는 거예요."

브랑카가 대답했다.

"브랑카, 미안하다. 그게 말이야⋯⋯."

"됐어요."

"사실은 마시면 안 되는 거였어. 아메리카노 말이야. 사람들이 먹다 남긴 커피를 모은 거라⋯⋯."

"무슨 말이에요?"

"한마디로 더러운 거라고."

"사장님한테는 왜 드시라고 했어요?"

"몰라. 나도 모르겠어. 미안하다. 근데 너 백신 접종했냐?"

"코로나 백신?"

"그래, 그거."

"화이자 3차까지 맞았어요."

"다행이다."

"아, 제임스 형!"

그제야 뭔가를 깨달은 브랑카가 부스 밖으로 뛰쳐나왔고 제임스는 횡단보도를 건너서 달아났다.

"브랑카! 형이 다음에 아메리카노 한 잔 사줄게!"

횡단보도를 건넌 제임스가 웃으며 소리쳤다. 브랑카는 그런 제임스를 향해 가운뎃손가락을 쳐들었다.

제임스와 키안은 편의점으로 발걸음을 옮겼다. 편의점 앞 파라솔 테이블과 고물상 사무실은 그들에게 더할 나위 없는 안식처였다. 특히 후자는 승우 엄마를 볼 수 있는 곳이기도 했다. 제임스는 승우 엄마와 눈맞춤이 기대되어 버릇처럼 심장이 쿵쾅거렸다.

"얘들아, 안녕!"

제임스가 승우, 승아를 알아보고 인사했다.

"안녕하세요."

형제는 파라솔 테이블에 책을 펼쳐두고 있었다.

"방학 숙제 하냐?"

제임스가 물었다.

"네."

승아가 대답했다.

"승우야, 넌 형이 돼서 공부는 안 하고 폰만 만지작거리냐? 형이 모범을 보여야지."

제임스는 승우 앞에 앉으며 핀잔을 줬다.

"만지작거리는 거 아니에요."

"게임 하지 말라는 거야."

"게임 하는 거 아녜요."

"짜식, 따박따박 말대꾸! 아저씨한테 보여줘 봐!"

"아저씨는 봐도 모를걸요."

"짜식이 정말!"

제임스가 승우 스마트폰을 낚아챘다.

"뭐 하시는 거예요? 빨리 주세요."

"개인, 외국인, 기관계, 종가……. 주식? 주식이지 이거?"

제임스는 스마트폰을 보며 물었다.

"달라니까요?"

제임스는 못이기는 척 스마트폰을 승우에게 돌려줬다.

"우리 형은요. 주식 해서 엄마 집 사준대요. 엄청나게 돈 모았어요. 그치 형?"

승아가 끼어들었다.

"어른이나 애들이나 돈, 돈, 돈!"

제임스는 말하면서 시선을 돌렸다.

"아저씨, 왜 우리 엄마 보세요?"

승아가 목을 빼고 편의점 안을 보는 제임스에게 물었다.

"너희들, 엄마 기다리는 거지? 엄마 퇴근하실 때까지."

"우리 엄마 오늘 퇴근 못 해요."

"조승아! 퇴근 못 하는 게 아니라 늦게 퇴근하시는 거잖아!"

"왜? 왜 늦게 퇴근하시는데?"

제임스가 물었다.

"야간 알바생이 코로나 걸려서 엄마 일하는 시간이 뒤죽박죽됐대요."

승우가 대답했다.

"어, 상식이 말하는구나."

"상식이가 누구예요?"

승아가 물었다.

"있어. 아저씨가 아는 조카……."

무슨 생각이 떠올랐는지 제임스가 불쑥 일어나서 편의점으로 뛰어 들어갔다.

"안녕하세요."

승우 엄마 앞에 선 제임스는 쭈뼛쭈뼛하지 않았다. 말도 더듬지 않았다.

"네, 안녕하세요."

"저, 부탁이 있는데요."

"무슨……?"

"여기 아래 서류 있는지 봐주시겠어요? 아르바이트 채용계약서, 뭐 그런 거요."

제임스는 계산대 아래쪽을 가리켰다.

"그건 왜요?"

"야간 알바하는 학생 있잖아요? 코로나 걸렸다고 그래서……. 주소를 알아야 찾아가서 괜찮은지 묻기라도 하죠."

"걱정돼서 그러세요? 사장님이 계약서를 이런 데 두셨을까요? 어,

여기 있네요.”

“있죠?”

“임상식. 이 학생 맞아요?”

“네. 백수동 백수역로 232…… 102호. 감사합니다.”

주소를 확인한 제임스는 밖으로 나가자마자 키안을 향해 환호성을 질렀다.

“앗싸! 키안, 가자!”

“승아야, 우리도 가자.”

승우가 일어났다.

“너희는 어디 가는데?”

제임스가 물었다.

“아저씨는요?”

“그건 네가 알 바 아니고. 승우야, 어른이 물어보면 되묻지 말고 대답부터 하는 게 예의다.”

“고물상에 가요.”

“할망구 고물상?”

“네.”

“거긴 왜?”

“그건 아저씨가 알 바 아니에요.”

“짜식이 정말!”

"조승아, 얼른 가방 챙겨!"

"임상식!"

"제임스 아저씨야. 임상식!"

"문 좀 열어봐!"

제임스가 102호 현관문을 두드렸다.

"못 열어 드립니다. 가세요."

상식의 목소리였다.

"빨리도 대답한다. 코로나 확진이라며?"

"그러니까 가시라고요."

"상식아, 얼굴만 보고 갈게. 문 좀 열어봐."

"듣기 거북하네요. 타인과 대면 접촉 금지. 격리 해제되려면 며칠 남았네요."

"얼굴만 보고 간다니까? 좀 열어봐."

"아저씨가 제 얼굴을 왜 봐요? 진짜 듣기 거북합니다. 셋 셀 동안 안 가면 경찰 부릅니다. 하나, 둘!"

"알았어, 인마! 갈게. 가면 되잖아!"

제임스는 싱겁게 돌아섰다.

"저 알아요."

키안이 말했다.

"뭘? 뭘 알아?"

"알바생이랑 저, 접촉하게 해서 제가 코로나 감염되게 하려는 거."

"넌 젊고 건강하잖아. 난 오십이고……."

제임스는 힘없이 빌라 출입구 앞에 철퍼덕 앉더니 하루를 넋두리했다.

"키안, 사는 게 싱겁다. 살면서 단맛, 쓴맛, 신맛, 매운맛, 다 봤는데, 결국 마지막은 싱거운 맛이더라. 오늘 하루가 싱겁다."

"아저씨! 출입문 막고 계시면 어떡해요? 딴 데로 가세요!"

빌라에서 나온 아줌마가 제임스 등 뒤에서 눈살을 찌푸렸다.

할망구 고물상에 들어선 승우, 승아 형제가 거대한 집게 트럭 앞에서 고개를 한껏 뒤로 젖히고 서 있었다. 승아가 트럭을 향해 가까이 다가갔다.

"형, 이거 트랜스포머 같다."

"범블비 손가락처럼 생겼다."

승우가 맞장구쳤다.

"조종해보고 싶다."

"형도."

"웬 녀석들이냐? 썩 나가지 못해!"

사무실 창문 밖을 향해 소리치는 할망구와 형제의 눈이 마주쳤다. 승우는 아랑곳하지 않고 사무실로 걸어갔고 승아는 형을 뒤따랐다.

10

소란

할망구는 책상 앞에 승우와 승아는 소파 끝에 앉았다. 말똥말똥 눈을 똥그랗게 뜨고 두리번거리는 승아를 향해 할망구가 입을 뗐다.

"너는 조승……?"

"승아요."

승아가 대답했다.

"그래 조승아. 책 팔러 온 건 아니지?"

"아니에요."

"너는 누구니?"

"저는 얘 형이에요. 이름은 조승우고요."

"형제가 썩 닮지는 않았구나. 아무튼 승아가 기특하다. 잊지 않고 다시 와서."

"제 동생도 이젠 아빠 이름 알아요."

"조 '세'자 '진'자."

승아가 힘주어 말했다.

할망구는 말문이 턱 막혔다.

"엄마가 그러는데, 본관은 양주래요."

승우의 말에 할망구가 눈을 감아버렸다. 얼굴은 새하얗게 질렸다.

"할머니, 나가서 저 트럭 구경해도 돼요?"

승아가 밖에 집게 트럭을 가리켰다.

"……."

"할머니, 트럭 구경해도 되냐고요?"

"어?"

"트럭 구경해도 되냐고요?"

"나중에 실컷……. 근데 엄마는, 엄마는 뭐 하시니?"

"편의점에서 일하세요."

승우가 거리낌 없이 대답했다.

할망구는 형제에게 고물상에 오고 싶으면 언제든지 와도 된다면서, 잠깐 형제의 엄마가 일한다는 편의점에 같이 가자고 부탁했다. 할망구는 승아의 손을 잡고 웃어 보였다. 승아도 할망구와 눈을 마주치며 웃었다. 고물상 할망구는 누가 봐도 손자와 함께 걷는 친할머니의 모습이었다. 편의점 앞에 이르자 형제는 안으로 뛰어 들어가려고 했는데 할망구가 편의점 안을 흘끗 보더니 형제를 말렸다.

"승우, 승아야! 나는 다음에 오는 게 좋겠다."

"우리 엄마한테 볼일 있으신 거 아니었어요?"

승아가 물었다.

"다음에, 다음에 오면 되지. 엄마는 매일 여기서 일하시니?"

"네. 근데 주말엔 하실 때도 있고 안 하실 때도 있어요."

승우가 대답했다.

"그렇구나."

"다음에 너희들 고물상 오면 내가 떡볶이 해줘도 될까? 이 할미가 옛날에 떡볶이 장사를 했어서 떡볶이 하나는 기가 막히게 한단다."

"정말요?"

형제가 동시에 대답했다.

"아무렴. 그럼, 어서 들어가거라."

"안녕히 가세요."

할망구는 환한 미소를 지으며 돌아섰다.

편의점으로 들어간 승우는 엄마한테 고물상 할머니 이야기를 했고 승아는 집게 트럭 이야기를 쏟아냈다.

고물상으로 돌아오는 길에 할망구는 서너 번 가로수를 붙잡고 걸음을 멈췄다. 깊이 숨을 들이쉰 다음 다시 걸었고 간혹 고개 들어 하늘을 올려보았다. 할망구는 고물상에 도착해서야 한시름 놓을 수 있었는데 사무실에 들어서며 불청객 세 명과 마주해야 했다.

"사장님, 안녕하세요. 어디 다녀오시나 봐요?"

박 단장이었다. 양 과장과 한 사람이 더 있었다. 미래 건설 오인재 대표였다.

"사장님, 소개할 분이 있어서 왔습니다."

박 단장의 말에 오 대표가 명함을 꺼냈다.

"처음 뵙겠습니다. 미래 건설 오인재 대표라고 합니다."

오 대표가 할망구한테 명함을 내밀었다. 그러나 할망구는 그것을 거들떠보지도 않았다.

"오 대표님, 사장님이 원래 좀 그러십니다."

박 단장이 소곤댔다. 오 대표는 명함을 테이블 위에 놓았다.

할망구가 리모컨을 집어 들었다. 입을 꾹 닫고 있던 할망구가 TV를 켜고 채널을 돌리자 박 단장이 안도하는 표정으로 오 대표를 바라봤다.

"뭘 그렇게 처먹는지, 원. 죄다 처먹는 프로그램밖에 없어!"

할망구가 짜증스럽게 말을 했다.

"그쵸? 저도 같은 생각 했었는데."

양 과장이 웃으며 맞장구쳤다.

"네놈들은 돈 처먹고 싶지? 돈 처먹고 싶어 안달이 났지? 오지 말라는데 말을 안 들어 처먹어!"

할망구가 갑자기 목청을 높였다. 박 단장은 오 대표에게 귓속말하며 애써 웃어 보였다. 한데, 불청객 세 명은 사무실에 오래 앉아 있을 수 없었다. 젊은것들이 말을 안 들어 처먹는다는 말을 시작으로 할망구가 뿜어대는 난폭한 언사 때문에 젊은것들은 사무실에서 쫓겨나고 말았다.

"탁자에 망치 있었으면 분명히 그거 던졌을 거야."

양 과장이 투덜댔다.

"막무가내 할망구……. 오 대표님 죄송하게 됐습니다."

박 단장이 고개를 숙였다.

"박 단장님, 초등학교 개학하면 제가 일 시작해야겠어요. 하는 수 없죠. 무데뽀 할망구한테 알맞은 처방전을 해드려야죠."

오 대표의 시선이 길 건너편 백수초등학교를 향했다.

"개학하면요? 개학이 우리 일하고 무슨 상관이 있어서요?"

"땅 내놓을 겁니다. 아마 섣달이 안 걸릴 거예요."

오 대표는 담배 한 모금을 들이마셨다.

며칠이 흘렀다. 할망구는 어떤 생각이 떠오르면 여지없이 한숨을 쉬었다. 땅이 꺼져도 벌써 수백 번은 꺼질 만큼 한숨을 쉬었다. 할망구는 자신이 이렇게까지 망설일 거라곤 생각하지 못했다.

"사장님, 나와 보시지도 않고 뭐 하세요? 알루미늄 200kg 내려놨어요."

임 사장이 키안과 함께 사무실에 들어섰다.

"키안하고 같이 다녀왔나 보네?"

"요 며칠 계속 키안하고 일 나가잖아요?"

"그치, 그랬지."

"컨디션 안 좋으시면 일찍 들어가서 쉬세요. 사장님 얼굴이 아주 반쪽이 됐어요."

"쉬었다 가. 냉장고에 야쿠르트 꺼내 먹고."

사무실을 나선 할망구가 어딘가로 향하기 시작했다.

띠링띠링, 편의점 문 종소리가 울렸다.

"어서 오세……."

승우 엄마는 고물상 할망구와 눈이 마주치자 갑자기 딸꾹질하면서 어깨까지 들먹거렸다. 그 순간 승우 엄마는 투명 인간처럼 감쪽같이 사라지는 것이었다. 이를 보고 할망구가 놀라서 다리에 힘이 풀려 버리고 말았다.

할망구가 자기 눈을 의심하면서 눈을 비비고 다시 뜨자 승우 엄마는 그대로 계산대 뒤에 있었다. 할망구는 헛것이 보이는 게 나이 탓이려니 했다. 할망구는 힘을 내어 한 걸음 한 걸음 내디뎠다. 할망구가 계산대 앞에 올 때까지 승우 엄마는 안절부절 어쩔 줄을 몰라 했다.

할망구가 입을 열었다.

"아이들 봤다. 애비 없이 기르느라 얼마나 맘고생이 많았을꼬."

승우 엄마는 할망구의 한마디 말에 눈시울이 붉어졌다.

"승아, 세진이를 빼닮았더구나."

남편의 이름을 들은 승우 엄마는 만감이 교차했다. 십 년 가까이 마음속에서만 맴돌던 이름이었다. 그 이름을 지금 자기 귀로 직접 듣고 나니 감정이 북받쳐 올라왔다.

할망구가 이어서 말했다.

"재혼, 안 한 거 같던데……. 왜? 혼자, 고생 많았다."

"……."

"미안하다."

할망구의 연이은 말에 승우 엄마는 소리 없이 눈물이 터졌다. 그후, 얼마간 편의점에는 손님이 오지 않아서 할망구와 승우 엄마가 조용히 마주 보고 있을 수 있었다. 마치 둘의 해후와 둘만의 시간을 허락한 하나님의 간섭 같았다.

십 년 전, 엄마의 극렬한 반대에도 불구하고 하나뿐인 아들은 자식 딸린 여자, 그것도 고아인 여자와 혼인신고를 하고 동거를 시작했다. 이 때문에 엄마는 인연을 끊다시피 아들을 찾지 않았었다. 아들도 마찬가지였다. 모자가 서로 연락을 끊은 지 꼭 일 년이 되던 해 아들은 뺑소니 교통사고로 세상을 떠났고 남편을 잃은 아내의 뱃속엔 아이가 있었다. 그 아이가 승아였다. 남편의 죽음이 자신 탓인 것만 같았던 아내는 시어머니, 그러니까 고물상 할망구 앞에 나서지 못하고 주변을 맴돌 뿐이었다.

할망구와 승우 엄마는 매장 테이블 앞에 앉았다.

"언제 이쪽으로 이사 왔니?"

"이 년 전에요."

"난 세진이 죽은 거 경찰서 가서 알았다."

할망구가 서운한 투로 말했다.

"죄송해요, 어머니."

"사는 데는?"

"요 앞 아파트 살다가, 얼마 전에 아파트 옆 빌라촌으로 이사했어요."

"나 사는 데서 가깝겠구나. 어떻게 이 년 동안 우리가 한번을 마주치지 못했을까."

할망구가 편의점 매장을 휘 둘러보았다.

"여기서 일해서 승우, 승아 키우겠어?"

"아직은 괜찮아요."

"내가 세진이 어렸을 때, 적은 돈으로 알뜰하게 쓰며 살아라, 좋은 일 많이 하려면 돈도 많이 모아야 한다, 잔소리했었는데, 승아가 그 얘길 하더구나. 어린 녀석이 맹랑하게……."

"세진 씨도 저한테 그 얘길 자주 했어요. 승아가 아빠를 생각했으면 하는 바람에, 아이들에게 종종 그 이야기, 했어요."

"월세 부담 없으면 조그맣게 가게 해보는 거 괜찮다. 승우, 승아도 좋아할 거고 여기보다야 낫지 않겠냐?"

"어머니, 죄송해요."

"아니다. 내가 못나서⋯⋯. 수없이 후회했다."

할망구는 승우 엄마를 딱 세 번 만난 셈이다. 외동아들이 사귀는 사람이라며 데려왔을 때, 결혼 승낙받으러 왔을 때, 그리고 지금. 늘 생각했던 탓일까. 할망구는 승우 엄마와 이야기하는 내내 그동안 승우 엄마를 계속 만났던 것 같았다.

"나도 몸도 마음도 약해졌다. 죽을 때가 됐는지 헛것이 보여. 아까도 네가 감쪽같이 사라졌다가 다시 나타나지 뭐냐."

"아니에요, 어머니. 제가 딸꾹질하면 저도 모르게 그만⋯⋯."

"⋯⋯무슨 말이니?"

"⋯⋯어머니, 승우 승아를 봐서라도 오래 사셔야 한다고요."

당황한 승우 엄마가 얼버무렸다.

"오래 살긴⋯⋯."

할망구는 말끝을 흐리면서 다시 매장을 둘러보았다.

날씨는 아직 한여름인데 개학이라니⋯⋯.

개학이 못마땅한 승우는 툴툴대며 동생과 등교하고 있었다. 분식집 앞에 이르렀을 때 제임스 아저씨가 보이지 않았다. 길 건너 고물상 앞에는 어른들이 모여 있었다. 인도 분리대에 걸린 현수막도 눈에 띄었다.

'학교 앞 혐오시설 철거하라!'

'어린이 안전 위협하는 고물상! 이전하라!'

승우는 동생 손을 잡고 횡단보도를 건너서 고물상 앞으로 가보았다. 어른들은 녹색어머니회 아줌마들이 대부분이었다. 아줌마들 틈 사이로 제임스, 키안, 외국인(브랑카) 아저씨가 보였다.

"어머니들 왜 이러세요? 혐오시설이 웬 말입니까? 지금까지 잘 지냈잖습니까? 사장님 오시기 전에 좀 돌아가시라고요! 제가 이렇게 부탁드립니다."

제임스가 두 손을 모으고 말했다.

"사장님 오시기 전에 가라뇨? 그럼 우리가 뭣 하러 이 짓을 합니까?"

어머니 한 분이 나섰다. 그 어머니의 말이 끝나기 무섭게 어느새 할망구가 사람들 틈을 비집고 앞으로 나오고 있었다.

"내가 사장입니다. 아침마다 봉사하시는, 우리 훌륭하신 어머니들이 여기는 웬일입니까? 여긴 어머니들이 있을 데가 아니죠. 고운 녹색 조끼 입으시고 어설프게 시위하면 고물상을 철거해야 하는 법이라도 있답니까? 저 현수막은 누가 걸었어요? 당신들입니까?"

할망구의 호통에 나서는 사람이 아무도 없었다.

할망구가 이어서 말했다.

"이십 년이에요. 이십 년을 내가 이 자리에 있었습니다. 갑자기 어머니들이 왜 이러는지 모르겠습니다만, 어디 말이나 들어봅시다."

"회장님이 나서야죠!"

어머니들 사이에서 누군가가 말했다.

"사장님, 우선 이거 받으세요."

등 떠밀려 나선 어머니가 A4 한 묶음을 할망구에게 건넸다.

"이거, 서명받느라 애 많이 쓰셨겠소? 교장이 시켰습니까?"

서류뭉치를 들춰보는 할망구의 목소리는 의외로 차분했다.

할망구는 어머니들 틈을 비집고 나아갔다. 횡단보도를 건너서 학교를 향해 성큼성큼 걸어갔다. 할망구의 의도를 알 수 없던 어머니들은 할망구를 쳐다보며 수군거릴 뿐이었다. 할망구가 학교 정문을 통과하자 그제야 어머니들은 허둥지둥 할망구를 쫓기 시작했다.

행정직원의 만류를 뿌리친 할망구가 문을 열고 교장실 중앙으로 성큼 걸어갔다.

"이거, 어머니들 시켜서 교장 선생님이 꾸미신 겁니까?"

할망구는 서류를 테이블에 탁 내려놓았다.

'백수초등학교 앞 고물상 철거 동의 서명부'

어안이 벙벙하여 말문이 막힌 교장은 말없이 서류를 들춰봤다. 그 사이 녹색어머니회 회장과 그 일행들이 교장실로 서로 어깨를 밀치며 들어왔다. 제임스와 키안도 있었다.

행정직원이 교장에게 황급히 다가갔다.

"교장 선생님 죄송합니다. 막무가내로 밀치고 들어와서 도리가 없었습니다."

"괜찮아요."

교장이 할머니를 향해 섰다.

"할머니, 이건 학교에서 한 일이 아닙니다. 하지만, 어찌 됐든 죄송합니다."

교장은 할망구에게 고개 숙여 정중히 사과했다.

"회장님, 이거 혹시 녹색어머니회에서 추진하셨습니까?"

교장이 녹색어머니회 회장을 쳐다봤다.

회장 어머니는 가시방석에 앉은 듯 안절부절못했다. 그때 키안이 불쑥 나섰다.

"저 사람이 회장 어머니한테 돈 봉투 줬어요. 제가 다 봤어요. 현수막도 저 사람이 걸었어요."

키안이 가리킨 사람은 미래 건설 오인재 대표였다.

"오 대표?"

할망구의 말에 사람들 시선이 모두 어머니들 뒤에 서 있던 오 대표를 향했다. 오 대표는 자라목처럼 쑥 들어갔다. 회장 어머니는 얼굴을 가리며 슬며시 밖으로 나갔다. 다른 어머니들도 하나둘 썰물처럼 사라졌다. 교장실에는 교장과 할망구만 남게 되었다. 할망구는 교장실에서 꽤 오랜 시간을 보내고 나왔다.

교장실에서 나온 할망구는 텅 빈 운동장 한가운데를 가로질러 걸었다. 정문 앞에 이르자 할망구는 멈춰 서서 자신의 고물상과 주차장을 하염없이 바라봤다.

제임스와 키안은 현수막을 걷어내고 있었다.

"키안, 진짜 그 남자가 회장한테 돈 봉투 줬어?"

"현수막 설치하는 건 봤어요."

"돈 봉투 주는 거 봤냐고?"

"못 봤죠."

"뭐? 그럼 네가 꾸며낸 거야?"

"둘이 학교 앞에서 만나는 건 몇 번 봤어요."

"진짜?"

"형, 아침 먹으러 가요. 제가 살게요."

"시원한 냉면 어떠냐? 요즘 임 사장이 일당은 얼마 주냐? 돈은 버는 것보다 쓰는 게 중요해."

제임스는 아이처럼 쉼 없이 입을 놀려댔다.

제임스와 키안이 시원한 냉면을 먹은 뒤 고물상으로 돌아오고 있을 때였다. 셔터문이 올라간 분식집이 제임스의 눈에 들어왔다. 제임스는 불안한 마음에 분식집을 향해 뛰기 시작했다. 숨을 헐떡이며 분식집에 도착했다. 셔터문 안쪽에 두었던 유언장은 사라졌고 분식집

안에는 세 사람이 있었다. 할망구, 승우 엄마, 그리고 남자 한 명. 남자는 부동산 중개인이었다.

남자가 밖으로 나오면서 말했다.

"그럼 이따 오후에 계약하시는 걸로 알겠습니다."

"네 그럽시다."

할망구가 말했다.

제임스는 승우 엄마를 보고도 설레지 않았다.

승우 엄마를 먼저 보낸 할망구는 제임스 앞을 지나쳐 횡단보도로 걸어갔다. 그냥 지나가는 할망구의 모습에 제임스가 안도하는 순간,

"따라오지 않고 뭐 해?"

할망구가 제임스에게 소리쳤다.

고물상 사무실에 할망구와 제임스가 거리를 두고 앉았다. 할망구가 종이 한 장을 테이블 위에 던지자 제임스가 움찔했다.

"바보 같은 놈."

"네?"

얼떨결에 제임스가 입술을 뗐는데 그의 표정이 마구 흔들리고 있었다.

"최봉달, 괄호 열고 제임스, 괄호 닫고. 봉달아, 그거 사문서위조 아니냐? 재산상속을 내가 왜 너한테 하냐? 내 재산이 탐나더냐? 괄호 열고 제임스, 괄호 닫고……. 그거 아니었으면 내가 이 작자가 너

란 걸 어떻게 알았겠냐? 의심은 했을 테지. 아주 헛웃음밖에 안 나온다. 이해할 수가 없어. 하나는 이해하겠다. 너 가명 쓰는 거. 바보 같은 놈."

할망구가 얘기하는 동안 제임스는 내내 고개를 들지 못했다.

"분식집 매입했다. 내일부터 인테리어 공사 들어갈 거다. 분식집 앞에서 노숙 못 해. 제임스, 아니 최봉달! 내일부터 우리 집에서 지내라. 키안도."

"네?"

제임스가 고개를 들었다.

"바보에다 귀도 먹었어? 너랑 키안, 당분간 내 집에서 지내라고!"

<포브스 1호>

"달링, 승우 엄마란 사람 말이에요."

"네."

"지난번에도 이 말을 하려다 말았는데……."

"뭔데요?"

"승우 엄마, 포브스 166 닮지 않았어요?"

"그게 누군데요?"

"아빠 맞아요? 벌써 당신 딸 이름도 잊었어요?"

"아, 그리고 보니 닮은 것 같아요. 서울 강남이 성형의 메카라던

데, 혹시 거기서……?”

"원판 불변의 법칙! 강남에서 뜯어고쳤어도 기본은 남아 있죠.”

"사장님, 오백만 원입니다. 말씀하신 대로 오만 원권이에요. 세어보세요.”

할망구 고물상 사무실에 들어선 임 사장이 탁자 위에 봉투를 내려놓았다.

임 사장은 할망구의 부탁으로 은행에 다녀오는 길이었다.

"편지는? 프린트해왔어?”

할망구가 물었다.

"물론이죠. 여부가 있겠습니까?”

임 사장이 편지를 할망구에게 건네자 할망구는 편지를 중얼중얼 읽어 내려갔다.

"안녕하세요, 고물상 사장입니다. 뭐라고 말씀드려야 할지 모르겠습니다. 9월 5일부로 고물상 문을 닫게 되었습니다. 내일부터는 동사무소 주민자치센터로 폐지 가져가시면 됩니다. 센터하고 얘기가 다 됐습니다. 그동안 감사하고 고마웠습니다. 덕분에 긴 세월 늙은이가 이 자리를 지킬 수 있었습니다. 그동안 많은 도움 드리지 못해 미안하고요. 약소하나마 조금 넣었습니다. 추석 선물입니다. 행복한 한가위 되시고 늘 건강하세요. 사장 드림.”

"사장님, 뭐 하러 그걸 다 읽으세요?"

"잘 썼다. 배운 사람이라 다르구나."

"하, 정말 문 닫네요."

임 사장이 사무실 창밖을 통해 하늘을 보았다.

"편지 봉투에 오만 원 넉 장하고 편지 넣어라!"

"이십만 원이나요?"

"이십만 원씩 스무 개."

"그럼 백만 원 남는데요?"

"하나는 백만 원 넣으면 되지."

"그건 누구 주시게요?"

"김 노인 미망인. 그 양반 돌아간 것도 모르고…… 그때 부의금을 못 드렸다."

"……."

"임 사장, 하나만 더 부탁하자."

"말씀하세요."

"내가 노인네들한테 직접 주면 열어보고 안 받을 거야. 실랑이하게 되고 말도 길어질 거고……."

"저더러 드리라는 거죠?"

"아침, 저녁으로 하루만 수고해줘!"

할망구는 명함 하나를 만지작거리면서 말했다.

"근데, 그거 누구예요?"

"누구라니?"

"아까부터 명함을 봤다 말았다, 놓지 않으셔서요."

"있어."

<포브스 1호>

"달링, 경로 설정하세요."

"어디로 할까요?"

"먼저 화성, 그다음 포브스."

"집에 가는 거예요?"

남편은 지구에 온 후로 가장 기분이 좋아 보였다.

"3개월, 3개월 후에 다시 옵니다."

"네, 알겠습니다. 에이취!"

"달링, 제발 재채기 좀!"

11.

마법 고물상

코로나가 창궐하던 어느 해 12월 24일.

백수초등학교 옆 '우아한 분식'은 영업 3개월째를 맞았다. 메뉴는 세 가지. 어묵, 떡볶이, 오징어튀김! 개업 첫날부터 입소문이 퍼지기 시작한 우아한 분식은 3개월 동안 백수역 맛집으로 인기 우상향, 정점을 날마다 갈아치웠다. 할망구의 레시피 덕분이었다. 직원은 알바 한 명. 제임스는 승우 엄마가 시키는 일이라면 뭐든지 했다.

승우 엄마는 가게 안쪽에 승우와 승아를 위해 작은 공부방을 마련했는데 형제는 거기에 가방만 던져놓고 해 질 녘까지 들어오지 않았다. 공부방이 아니라 가방 보관실이 되었다. 형제는 가게 맞은편 공원에서 친구들과 뛰어노는 데 정신 팔렸다.

승우 엄마는 가게 이름으로 세 가지를 생각했었다. 안타깝게도 승우 엄마가 생각했던 이름은 찬성표를 받지 못했다. '승우네 분식, 승아네 분식, 형제 분식'은 두 아들의 반대로 무산됐다. 승우와 승아의 돌림자를 뺀 이름을 제시한 사람은 제임스였다. 우아한 분식! 제임스의 아이디어가 최종 낙점을 받으면서 제임스는 승우 엄마에게서 점수를 딸 수 있었다. 승우 엄마를 향한 제임스의 소심한 구애는 진행형이지만, 어째 가망이 없어 보인다.

승우 엄마와 제임스는 오늘 영업을 일찍 끝내려고 한다. 파티가 있기 때문이다.

할망구 고물상과 주차장은 3개월 만에 시냇물이 흐르는 작은 공원으로 탈바꿈했다. 공원 안쪽 귀퉁이에 'ㄱ'자 모양의 카페가 생겼다. 잔디 위에 야외 테이블이 있고 외관과 실내 모두 고풍스럽다. 임 사장이 카페 전경 사진과 더불어 야외 테이블에 앉아 셀카 찍은 것을 인스타그램에 올렸는데 팔로워들이 이 시국에 유럽에 가면 어떡하냐며 난리였을 정도다.

카페 이름은 James. 임 사장이 정했다. 임 사장은 고철, 비철을 수거하는 사장이 아니라 카페 사장이 되었고 키안이 카페에서 보조로 일한다. 임 사장은 키안에게 마음을 열고 있었다. 어쩌면 처음부터 호감이 있었는지 모른다. 키안은 잊을만하면 임 사장에게 우주여행 시켜주겠다는 말을 참 진지하게 했다. 다행히 임 사장은 그것을 여자의 마음을 훔치려는 농담으로 받아 주었다.

카페와 정확히 대각선으로 마주 보고 있는 곳에 편의점이 있다. 그러니까 카페와 편의점이 공원의 양쪽 모서리 끝에 있는 셈이다. 할망구 소유인데 할망구가 브랑카에게 경영의 전권을 맡겼다.

공원 편의점 계산대에서 브랑카와 상식이 한참 얘기 중이다. 편의점 업무를 전혀 모르는 브랑카를 위해 상식은 앞으로 며칠 동안 이곳으로 출근할 예정이다. 상식이 예전에 알바하던 편의점은 현재 문을 닫은 상태다. 로또 1등에 당첨된 편의점 사장이 모든 걸 정리하고 남해로 이사했기 때문이다. 상식은 알바생 구하는 데 애먹는 브랑카에게 친구들을 소개해 주었다. 조금 있으면 노랑머리를 비롯한 머저리 사총사가 편의점에 올 것이다.

대형 고무나무가 카페에 들어왔다. 축하 리본에 '미래 건설 오인재 대표'라고 쓰여 있었다.

"어디에 놓을까요?"

배달 기사가 물었다.

"이쪽에 놓아주시겠어요?"

임 사장이 입구 왼쪽을 가리켰다.

키안은 제임스와 함께 카페 앞에서 바비큐 파티를 위해 한창 초벌 구이 중이다. 고기를 굽던 제임스는 할망구를 걱정했다.

"사장님, 그만 들어가세요. 감기들면 어떡해요?"

"안 춥다. 안 추워."

할망구는 야외 테이블에 앉아서 승우와 승아가 친구들과 뛰노는 모습을 흐뭇하게 바라보고 있었다.

"사장님!"

카페로 걸어오는 신사가 외쳤다. 할망구가 그에게 손을 들어 보였다. 그 신사는 오 대표였다. 오 대표는 할망구에게 다가가서 넙죽 허리를 숙였다.

"사장님, 사장님 맞으세요?"

"무슨 소리야?"

"커리어 우먼 같아요. 누구더라? 윤여정! 영화배우 같습니다."

"임 사장이 코디해줬어."

할망구는 자기 옷을 내려봤다.

"확실히 임 사장 감각이 남다르네요. 마음에 드세요?"

"뭐가?"

"카페하고 공원이죠. 제가 진짜 심혈을 기울인 겁니다."

"훌륭해. 카페도 카페지만 여기 정원 같은 공원이 훌륭해. 덕분에 내가 소원 성취했네. 작은 개울, 작은 연못, 그리고 저쪽에 과실수도……. 참 예쁘지 않아? 벌써 봄이 기다려지네. 오 대표가 내가 꿈꾸던 동산을 만들었어."

할망구가 오 대표의 손을 잡아주었다.

"고맙습니다. 사장님이 좋아하시니 제가 날아갈 것 같습니다."

"수고가 많았어. 어여 들어가 봐."

"같이 들어가시죠?"

"먼저 들어가."

할망구는 다시 동산을 바라보며 흐뭇한 미소를 지었다.

< 포브스 1호 >

"함박눈 좀 뿌려줄까요? 크리스마스이브인데……."

남편이 말했다.

"아이도 어른도 좋아하겠군요. 너무 많이 뿌리지는 말아요."

"여부가 있겠습니까? 에이취!"

"또, 또!"

"UFO다!"

승아가 저도 모르게 하늘을 보며 말했다.

"승아야, 뭐 해? 얼른 와!"

승우가 바비큐 파티 테이블로 뛰어가며 소리쳤다.

눈이 내리기 시작했다. 놀라서 입을 다물지 못한 채 아직 하늘을 올려다보고 있던 승아는 손가락으로 하늘 어딘가를 가리키고 있었다.

"사장님, 그만 들어오세요."

임 사장이 할망구 어깨를 감쌌다.

"들어가자. 근데 오늘 눈 소식이 있었나?"

"글쎄, 모르겠어요."

"임 사장, 초대장은 다 돌렸지?"

"네. 구청에 박 단장하고 양 과장, 교장 선생님, 그리고 우리 이모까지. 아마 어르신들은 한 분도 빠짐없이 오실걸요!"

"참, 동생은 어떻게 됐어?"

"상식이요?"

"그래. 결과 나왔을 거 아냐?"

"최종 합격했어요. 내 동생이지만, 아무튼 대단해요."

할망구가 임 사장과 카페 안으로 들어오는 순간, 오 대표가 기다렸다는 듯이 이렇게 말했다.

"이건 깜짝 선물입니다!"

오 대표가 손에 쥔 점멸기를 켜자 공원은 반짝이는 LED 전구로 뒤덮였다.

모두가 환호하면서 손뼉을 쳤다.

<초대장>
Merry Christmas!
여러분을 파티에 초대합니다.
일시: 12월 24일(토) 저녁 6시
장소: 카페 *James* (백수초등학교 맞은편)
와인, 바비큐 무료 제공

에필로그

'우아한 분식'을 강탈할 묘안을 궁리 중이다.

승우 엄마는 나한테 관심이 없는 것으로 결론을 내려야겠다. 온갖 허드렛일 시키면서 나를 잡부 취급만 하니, 승우 엄마가 점점 싫어진다. 그래서 '우아한 분식'을 강탈할 묘안을 궁리 중이다. 왠지 성공할 거 같다.

-제임스

결혼에 성공하면 지구에 눌러살 생각이다. 부모님을 설득하는 게 관건이긴 한데, 요즘 부모님도 지구에 뿌리내리고 사는 것을 진지하게 검토 중이어서 설득이 어렵지 않을 것이다. 아, 민아 씨가 내게 새 이름을 지어줬다. 조인성.

-키안

주식 투자하는 걸 할머니한테 들켰다. 적은 돈을 알뜰하게 쓰라며 할머니가 노발대발하셨다. 나 대신 엄마가 할머니한테 혼이 났다. 요즘 랩에 관심이 생겼다. 6학년이 되면 장래 희망을 래퍼로 할 거다.

-승우

제임스 아저씨가 우리 아빠였으면 좋겠다. 용돈도 많이 주시고, 말만 하면 공원에서 언제든지 같이 놀아주신다. 무엇보다 UFO의 존재를 믿어주니 나는 외롭지 않다. 형, 엄마, 친구들한테 내가 UFO를 봤다고 했더니 모두 나를 놀렸다. 제임스 아저씨만 놀리지 않으셨다. 아저씨도 UFO를 본 것 같다고 하셨다.

-승아

어머니와 함께 있는 시간이 행복하다. 어머니의 표정은 우아하고 말씀은 따뜻하다. 만사형통이지만 신경 쓰이는 존재가 있다. 제임스! 나이가 많은 건 괜찮지만 일머리가 부족한 건 참기 힘들다. 하나 더, 아무리 얼굴에 조금 손을 댔더라도 친누나조차 알아보지 못하는 키안을 어찌해야 할까?

-승우 엄마

학교생활이 이렇게 즐거웠던 적이 있었나? 친구들도 선생님들도 나를 바라보는 시선이 180도 바뀌었다. 공부를 잘하든 운동을 잘하든 잘 생기든지 해야 인기가 있을 줄 알았는데, 아니었다.

-임상식

고물상 사장님 덕분에 카페를 오픈하게 되었다. 위치도 좋고 포토존도 많아서 카페 James의 전망은 밝다. 정말이지 요즘에는 부러울 게 없다. 인성이가 허튼소리만 안 하면 딱인데…… 동생에게 더 이상 '비상식적인 또라이'라는 말은 안 한다. 동생은 진짜 난 놈이다.

-임민아

나도 사장이다. 편의점 사장. 근데 노랑머리 알바생이 몰래 담배를 훔쳐서 고민이다. CCTV를 하나 더 설치해야겠다. 다음 달 고국에 있는 아내와 두 딸이 처음으로 한국을 방문한다. 가족이 오면 편의점을 제임스에게 부탁하고 제주도 가족 여행을 갈까 한다.

-브랑카

카페 James에서 고물상 사장님과 커피 한잔하고 공원 걷는 게 낙이다. 남편이 함께였으면 좋으련만…… 사장님이 자꾸 말을 놓으란다. 이참에 언니라고 불러볼까. "언니, 오늘은 내가 커피 살게요."

-김 노인 미망인

낮엔 구름 위에서 밤에는 별에서 세상을 내려다보네. 내가 하늘나라 온 다음부터 세상이 더 행복해진 것 같아. 샘이 나는 건 어쩔 수 없네, 그려. "여보! 당신 오는 날, 광어, 우럭, 도다리…… 회 실컷 먹읍시다. 근데 천천히 오시구려!"

-김 노인

뛰노는 아이들을 바라보고 있으면 시간 가는 줄을 몰라. 행복해. 아이들 웃음소리는 더없이 아름다워. 더 많은 아이들이 동산에서 맘껏 뛰어놀면 좋겠어. 겨울에는 눈사람 만들고 봄에는 봄 마중 나온 나비 쫓으며, 여름에는 양말 벗어 던져놓고 맨발로 개울에 들어가 송사리 잡으며, 가을에는 노란 감을 따면서, 아이들이 그랬으면 좋겠군, 그래.

-고물상 할망구

"달링, 나도 우리 딸처럼 성형수술 받아볼까요?"
"사람 대하는 태도를 성형해주는 병원은 없을까요?"
"달링!"
"죄송해요……. 에, 에이취!"

〈포브스 1호〉